# 最好的 时光
# 是 不散

俟尘 **作品**

北京联合出版公司

Beijing United Publishing Co., Ltd.

CONTENTS

CONTENTS

Chapter 1

你好，亲爱的陌生人

# 1

2006 年 10 月 1 日，晨，7 点 10 分。坞瑶。

南方小镇的十月，依旧还是有些闷热。对于这座众山围绕之中的水乡小镇来说，它有着所有江南小镇该有的特色和平凡。狭长而迂回的街道，布满斑驳青苔的石板路上淌着水渍；拐角处冲冲撞撞的孩童，手上满是泥渍。杏黄的泥渍被他们擦拭在衣衫的袖口上，白色莲蓬裙的裙摆上，红扑扑的脸蛋上，甚至是被冲撞之人的胸口上。1 元钱一碗的馄饨，皮薄馅多，配上少许葱花和油渣，加很多很多的醋，一勺特制的辣酱，多少看自己的喜好。天刚有些微亮，浓重的雾霭将整个山城包裹，远处单车清脆的铃声由远及近，雾气太重了，以至于叶素息无法判断自己同单车的距离。她险些和对面骑车的中年女人撞个满怀。素息轻声道着歉，给来人让出路，然后转过身去，站在原地等待。

叶素息今天穿着母亲昨日为自己买的过膝雪纺碎花洋装，一把漆黑的直发绑成一束，绑得不高不低。一双白色平底鱼嘴凉鞋，细细的带子绕过脚踝。脚踝细小，向上的小腿有着块状的肌肉，这是从小练舞得来的。

叶素息站在弄口等了一会儿，看见叶和拖着行李箱出现在拐角就接着转身向前走。叶素息和父亲始终保持着一米左右的距离。拉得远了，就停下来等一等，走得近了，就自然而然地加快脚步。坞瑶的车站并不大，破旧地挤在一些小商铺之间，很难被发现。时间尚早，赶早班车的人并不多，所以显得有些寂寥。三三两两的旅人背着行囊，提着麻布袋，坐在蓝色塑料椅上，耷拉着脑袋，时而看表，时而看车票。明明早已记住了发车时间，却还是习惯性地一再确认。乞讨的老人躬着背，常年未清洗的花白的头发结在一起，手里拿的破旧瓦罐里，有零星的硬币和纸钱。叶素息从口袋里掏出硬币，丢进罐子里，硬币和瓦壁相撞，发出清脆声响。老人用带着浓重坞瑶口音的普通话，艰涩地说着谢谢。素息微笑着点头，也同别人一样，下意识地望了望列车时刻表。

去丽溯的车还未开始检票，叶素息与叶和很沉默地并肩坐在一起，谁也没有说话。叶素息觉得对于表达的障碍，是会遗传的。父亲的沉默寡言，像是根植在她身上的一种符咒，被下蛊在她瘦削的骨骼深处，带着醒目的标签，标注出她同身边这个男人的关系。那是种无法否认和不容辩驳的关系。大多数的时候，他们之间都是疏离的，一般家庭的亲密无间，在叶素息和她的家人这里，显得稀少，因为稀少的缘故同时也就显得珍贵。上大学，这是叶素息离开坞瑶的原因。第一次真正意义上的长久的离开，实际上并未带给叶素息太多情绪上的波动。离别的不舍以及对于远方未知的可怖，这些都没有。相反地，这却是她期盼已久的离开，离开这座狭小如斗的山城，这座捆绑住她手脚甚至是心的地方，去开阔之地，另辟新径。

如果你凑巧在那个时刻从二楼拐角处经过，从这个蓝色的画着喜鹊图案的玻璃窗口望下去，你会看见远处这对坐在绿色长椅上的父女——他们肩并肩坐着，女孩拨弄着新买的手机，男人出神地看着墙壁上的挂钟。他们像是认识又像是不认识一般沉默长久地对坐。

似乎这样的沉默，他们早已习惯，也并不为此而感到有什么不妥。

"还有二十分钟，会议就要开始，你一个人走，可不可以？"

叶和和女儿乍一看是不像的。可是细看之下又是像的。尤其是嘴巴。它们小而薄，不说话的时候都略微下垂，显得倔强而严肃。

"嗯。"叶素息听见父亲的问题，下意识地点头。

叶和走得很快，叶素息知道，会议再有 20 分钟就要开始了。父亲是个极其守时的人。迟到，这违背叶和规整的性格。叶和在坞瑶县府的民族宗教事务科里任职，处理一些宗教事宜。当然，坞瑶那么小，小到连纷争都是细碎和不值一提的。在叶素息眼里，父亲的工作并没有什么实质性的意义。他去参加各类宗教节日：万圣节、复活节、圣诞节，去观看某个孩子的洗礼仪式，拿回来很多苹果、面包、面条以及铃铛。他去寺庙查看斋饭的卫生情况，关心僧人们冬天是不是有足够厚的棉被过冬，甚至是香火垃圾归类后的去处。章思琪对叶和总是不满意的，她认为叶和的老实隐忍，让他错过了太多施展抱负的好机会。这样一个科长的职位，叶和一做就是满打满算 20 年。书房里的各类经文，几乎将一面墙壁填满，却换不到哪怕是一件新家具。叶素息觉得或许母亲认为一辈子做的最错的事情，就是嫁给了这个少言寡语的男人。在这一点上，叶素息和章思琪是不同的。

在这个世界上宣示力量感的人不计其数，他们往往声如洪钟、力如蛮牛，却心高气傲、浮躁又没有耐心，大多时候都是计划天衣无缝，行动却错漏百出。而叶和不同。她欣赏他的严谨和内敛，对待万事万物有着敬畏之心，不虚饰也不冷酷。叶素息相信，父亲远比她与母亲见到的要强大百倍。她其实一直都未和他说过，他是她成长道路上，最好的，也是最持久的天光。

叶素息这样想着，目光不由开始追随着父亲走出车站的背影。父亲的背影矮小，一旦走进人流就很难被辨识出来。她站在原地望着那远去的身影望了很久，在心里升起期盼。她期待着父亲可以回转过身子来和她挥手道别，甚至开口说那么一两句叮嘱。可是，父亲走得快极了。会议肯定很重要吧？叶素息这么想着，嘴角绽开几许笑意，冲着那个疾走而去的背影轻微地挥了挥胳臂。再见很小声，小声到连她自己都快听不见。

开往丽溯的车，小而拥挤。因为赶上开学高峰期，所以加了许多班次。坞瑶早晨里的空气湿润，且弥漫着各种各样的味道。水果和新鲜蔬菜的清香、早饭店里热气腾腾的包子味、摩托车开过后残留的尾气以及随意丢弃的垃圾中散发的隔夜菜的腐败味，通通混杂在一起。叶素息皱了皱眉，打了个喷嚏，揉了揉鼻子快速通过检票口。发车时间渐渐逼近，上来的人也渐渐多了起来。三两结伴出发的孩子，嬉笑打闹，声音大极了，像是在宣示主权；当然，也有同她一样独自出发的人。他们站在车门旁，和家人依依惜别。眼角噙泪，双手相交，像志忑的雏鸟，第一次离巢，一步一徘徊，仿佛到了末日。最后得到素息注意的是一个三口之家：背着大包小包面露担忧的父亲；双手插口袋，头戴耳麦，吹着口哨，傲视一切的儿子；以及随着男孩一并走进来的脸色发白的母亲。那女人一刻不停地对着身边的男孩说着话，一旁的男孩却只当不觉。他照例吹着欢快的口哨，不愿低头看她，甚至觉得母亲的叮嘱让他觉得有些羞耻。于是他焦急地推着身旁的女人，催促着他们下车去。

那样的一个时刻，作为孩子的父母，他们理解不了孩子迫切想要挣翅高飞的自由的心。那样的心，蓬勃、汹涌、力量坚定、无知无畏、一心向前。而孩子呢，他们实在是太忙了。他们忙着憧憬远方，忙着计划未来，忙着做自己真正意义上的主人。他们根本没有工夫体会离别的滋味。至亲至疏的关系，可能就是如此。素息默默打量着上来的这个家庭，心里竟然生出庆幸之感。庆幸她的家庭和她的疏离，让他们三个人，都可以坦然地面对分离。

熟悉的哨子悠扬地划破黎明，那是发车的号角。车子随着口令，一点点向后退去。很多的人站在车站入口，不停朝着车子的方向挥动手臂，那是被留在原地的一群人。他们和离开的这群人进行着庄重的道别。起初这样的道别是有确切目标的。后来车子渐行渐远，这样的目标就变成了一截车厢的某一块挡风玻璃，然后是柠檬黄的车牌上的一串没有意义的号码，最后是扬起沙尘的巨型的黑色橡胶轮胎。叶素息下意识地将脸转向窗外，窗外熟悉的景致开始往身后一点点掠过去：汽车、摩托车、红色的人力三轮、面容模糊的人群、错落低矮的灰色平房、卖水果和特产的小摊位以及琳琅满目五颜六色的商铺广告牌……目之所及的地方都被拉出一条长长的尾巴，延展着她的视线。这时，车厢内原本嘈杂的欢乐气氛里，蓦地响起几声不和谐的啜泣。这样的啜泣被分别的情绪浸泡发酵，一下子就蔓延到了整个车厢。叶素息忽然觉得眼睛涨涨的，好像是要哭了。于是她努力地将眼睛睁大，一眨不眨地瞪着外面。她发现那些倒退的熟悉的不熟悉的人和物，渐渐变成了一些模糊的色块，红、橙、黄、绿，起初是彩色的，继而是黑白的，最后变得没了规则，无法辨识出形状。

绵绵的群山，横亘在雾霭朦胧的远处，像一座又一座城堡。坞瑶渐渐地远了，眼前展现的是从两山之间被人工挖掘出来的高速公路。它们笔直宽广，运载着无数的人从这里出去，回来的却寥寥无几。此时，坞瑶的指示牌嗖地从眼前飞了过去，很多的孩子开始转过身，跪在座位上往后看，看着黄色的指示牌消失在暮色深处。素息却执拗地不愿意回过头去。

她知道那是她的家乡，但她却从不觉得那会是她的长居之所。她知道她终将离开，无数个夜里的挑灯夜读，她和意志互相磨损消耗。舍弃的东西那么多，只为换取远走的一纸通知书。她并不是一个野心勃勃的人，却也并不甘于平庸。这是母亲和父亲同时留在血脉里的两股势力。叶素息觉得很奇怪，她竟然会以这种方式想起他们。她爱他们吗？必然是爱的。就像他们爱她一样。只是，相比于爱别人，他们三个都更爱自己。所以，叶素息没有同别人一样，回过头去和故乡道别。

坞瑶，会出现在以后的梦境里吗？

她不得而知。

## 2

丽溯并不是个大都市，开往南京的火车也只有晚上 8 点的一个班次。叶素息拖着行李箱，站在铁轨旁，和零星的人群一起等待。清冷的月泛着蓝光，人与人之间保持着陌生人应有的距离，互相打量但尽量装作毫不在意。鸣笛声响，打着大型探照灯的火车从远处缓缓开过来。它的速度并不快，就像一个暮年的老者，喉咙里发出干咳，骨头与骨头磨损得是如此厉害。所有的一切都透着一股陈旧的气息。叶素息运气将行李箱抬高以方便跨上火车。车厢里还亮着灯，迎面跑过来一个小男孩，嘴里喊着妈妈，睡眼惺忪，险些和她撞在一起。很多人早早地躺在了床位上，看见有人经过，下意识地抬眼打量。叶素息低着头快步寻找着自己的床位，十分钟后，走进7号车厢。下铺躺着的是一位中年阿姨，她看见走进来的姑娘年纪尚小，于是报以和蔼的笑，示意素息的床位在上铺，她可以踩着自己的床爬上去。陌生人的友善，让素息有些不习惯，她一边道谢一边腼腆地脱去鞋子。她爬得很小心，尽量不踩到下铺白色的床单。

入夜，叶素息睁着眼睛，将被子整齐地盖在胸前。熄了灯的车厢，安静又嘈杂：男人的鼾声，沉闷的呼吸声，女人的叹气声，孩子偶尔的啼哭声，乘务员每隔几分钟一次巡视的脚步声，都听得清清楚楚。车厢在有节奏地晃动着，温柔极了，像母亲的子宫。

梦境里，叶素息发现自己回到了两岁的年纪。她被外婆抱在怀里，向白色轿车里的父母挥手作别。母亲和父亲的嘴角都挂着笑，他们从车窗里探出头和外婆说着一些她不明白的话。接着引擎响了，父亲发动汽车。车子远去的辙痕压在山路的黄土地上，扬起高高的尘土，黄色的干燥的沙砾直扑到素息稚嫩的脸上，一下子就迷蒙了她的眼睛，她被呛得大哭起来。当年，素息的这番哭泣，在那个不足百人的畲族村落里是很出名的。不足岁的婴孩，却懂得分别的伤心。外婆由此断定，这是个会让他们整个寨子骄傲的婴孩，可以给他们带去希望和荣光。素息很早就想纠正外婆的这个错误，当年的哭泣，只是众多偶然因素造成的假象。她是个普通的不能再普通的孩子，她无法带给他们预期的未来。

次日，清晨7点。列车驶进南京火车站。

南京火车站可以用富丽堂皇来形容。玻璃包裹之下的外墙，反射着光线，半月形的棚顶被规则地切割成一个个菱形，四通八达的高架横亘在头顶，有一种极其摩登的感觉。南京的清晨，骄阳高悬，空气混浊而干燥，和坞瑶的截然不同。灰色天幕底下的阳光，爆裂火辣，没有遮掩，照得人两眼发晕。素息半眯着眼睛，觉得整个世界出奇的亮堂。这是她第一次和这座城市打照面。

唐莳彦后来跟叶素息说，他第一次看到她，就是她站在南京火车站出口的时候。他从川流不息的人群里，一眼就把她过滤了出来。她和其他人比起来是有些不同的。她的脸上有种难以描述的神情。她站在那里，不茫然也不急于寻找，她就是站在那里，站在那里仔细地看。黑白分明的眼睛里没有初来乍到的胆怯，却有一种自省自觉的思维之光。唐莳彦后来告诉她，那个时候，站在那挺着腰身抿着嘴唇的叶素息让他想到了一种植物——荒山上的狗尾巴草。坚韧、繁茂、野性，却兀自生长。他说，叶素息那种倔强冷硬的态度，就像名字不怎么讨人喜欢的山野杂草。

"已到达，请放心。素息。"
"收到，祝你学习顺利。"
大约站在原地 5 分钟后，叶素息给父母发了报平安的消息。看着手机上比自己发出去的简讯还要简短的回复，素息不由摇了摇头。惜字如金的传统被毫无保留地遗传到骨骼里，他们的对话还不如一对刚见面的陌生人来得热络。素息将手机放回口袋，深吸了一口南京的空气，向着一早就准备好的新生接待处走去。
叶素息远远地就看见学校里欢迎新生报到的横幅，在一溜的大学报到处里，招摇得有些突兀。叶素息跟在悠长的新生队伍后面，缓慢移动。来自不同地域掺杂着浓郁口音的普通话在陌生人之间来回寒暄，山东、湖南、哈尔滨、陕西、福建、新疆……叶素息走在最后，实际上并没有人要和她说话。手边的行李箱蓦地没了重量，起初吓了她一跳，她疑惑地向身旁看去，只看见一个身形高大的陌生男孩托着行李箱的下摆。他站在她的左手边，遮挡掉了直射而来的大部分阳光。因为来人背光的关系，素息无法看到他的真实面容，只有一大块一大块的光斑和阴影。原本就毛躁的头发在光影的参照里，显得尤为醒目。它们卷度夸张，质感粗糙，就像枫树秃的山野上随处疯长的杂草，在夏天里因为缺失水分，被艳阳烤得焦黄，近乎死绝。这让她想起小时候看过的一本童话故事，名字叫作《秃尾狮王》。那头没有了半截尾巴的狮子，就有着这么一个浑圆的脑袋。叶素息想到这里，觉得有些好笑，不由抿了抿嘴。

叶素息觉得即使再宽广的马路，也无法放下大都市里全部的车辆。它们头接头，尾接尾地粘合在一起。尖厉的鸣笛声此起彼伏，听的人心烦意乱。开校车的司机师傅是个面容普通，戴着墨镜，有些发胖的中年男人。素息不得不佩服司机师傅精湛的驾驶技术。他一面高声谩骂，一面见缝插针地寻找所有可以向前移动的马路空当。他似乎急于想要赶路，这样的迫切心情，让他一次又一次地按喇叭，直到喇叭再也发不出任何声响。叶素息觉得，这是都市生活所固有的节奏。这里的人们似乎从来不明白等待为何物，也没有什么耐心。他们总是急匆匆地低头赶路，按着喇叭，鸣着长笛，叫嚣宣告着自己时间的宝贵。谁也不愿意等待，觉得等待浪费时间，是种犯罪。

那个帮叶素息提行李的男孩叫作唐莳彦。他作为大三的学长，站在校车内，拉着手把，以主人翁的姿态欢迎着大家来校就读。他给人印象最深刻的依旧是那头像是狮子一样的乱发，其次是充满肌肉感的身体。他在原本愤懑的温度里透着燥热。这样的燥热就像是盛夏时分，你站在户外，吹来的一股热风让你浑身毛孔微张，渗出汗来。然后才是脸。叶素息觉得那并不是一张很好看的脸，可是却依旧夺去了她的注意力。唐莳彦所有的五官都带着一种上扬的弧度。嘴角也好，眼眉也好，颧骨也好，都是一样的。这是一种未经世事的弧度，呈现出来的是初入人世尚未削去的天真和最初的干劲。极其潇洒，极其乐观。和叶素息的截然不同。

学校坐落在整个大学城的最西端，离公交车的末尾站还有着长达一公里的距离。不过这是叶素息喜欢的距离，她曾经不止一次和宋喜宝说过，她最喜欢和她还有韶青楚走学校西门到公交站点的这段柏油马路。她们三个并排走在上面，冷峭的风不带任何遮掩地从前方吹过来，吹得她们睁不开眼甚至摇摇欲坠。她们必须牢牢拉住彼此，尖叫着往前奔跑，和冷风正面对决。每每在这个时候，素息就会觉得很快乐。

叶素息拖着行李箱徒步爬上四楼，用领到的钥匙打开402寝室的黑色铁皮大门。这是一个十分新式的寝室，一室一厅一卫一阳台，像个单身公寓。客厅宽敞，乳白色的瓷砖，被擦得一尘不染，白色的墙面上，一盏白炽灯，没有任何修饰。客厅的正中央摆放着一台20寸的老式电视机，和崭新的粉刷墙很不相称。素息打开电视，雪花点伴随着啸叫，吓了她一跳。听到声响，卧室的门忽然开了，探出一个小巧的脑袋。

如果唐莳彦是叶素息在学校认识的第一个人，那么宋喜宝就是第二个。宋喜宝有一个小巧的脑袋，一头黑色的短发，碎发底下露出一对小巧的耳朵。一双丹凤眼微微下垂，微笑的时候那原本小小的眼睛便会弯曲成一对月牙，牙齿整齐洁白。接近 1 米 7 的身高，和瘦弱的素息一对比就像个小巨人。如此伶俐的脑袋却配着一副如此高挑的身材。可是，这并不妨碍宋喜宝的好看，反而延伸出一种性别混搭的中性美。自然，叶素息知道喜宝不喜欢这样的评价，所以她从来没有跟喜宝说过。

宋喜宝最先注意到的是叶素息的眼睛。眼珠黑得发亮，像某种说不出名字的小野兽，它还没有被驯服，闪着机警的亮光。它们不加任何修饰地看着她，看得人心底发慌。在盯着喜宝看了一会儿后，对面的女孩渐渐露出了笑容。喜宝发现，叶素息笑的时候，面部的容貌在顷刻间就起了非常大的变化。原本那种坚硬的略带审视的表情消失了。她的笑容恬静，毫无侵犯性，似乎整个人都渗透出一种暖暖的温度。这是一种很奇怪的感觉，像是和之前完全不同的两个人。宋喜宝判断着。

韶青楚比她们都要来得晚一些。她打开门的声音大极了，几乎是用脚踹进来的。正是炎夏，韶青楚穿着一件鹅黄色吊带衫配着一条热裤，一双宝蓝色高跟鞋足有 10 厘米。叶素息觉得叉腰站在客厅里的女孩像极了小时候母亲为她买的第一份生日礼物，那是个八音盒。站在玻璃舞台上，身穿白色裙子，随着音乐转着圈的小女孩和眼前的女孩那么相像。"素息，你看，只要你好好努力，以后你也可以像她一样，在舞台的中心旋转。"母亲充满希冀的声音似乎犹在耳畔。

即使踩着这么高的鞋，韶青楚依然徒手将硕大的行李箱搬上了楼。不过韶青楚似乎是太累了，她顾不上和屋里的两个女孩打招呼，只觉得两腿发软，索性一屁股坐在了行李箱上，迫不及待地将高跟鞋甩了出去，酸胀的脚踝为之一松。她不由长吁口气，总算再次活了过来。

陌生的环境、互不相识的距离，加上不算宽裕的空间，这都加剧了三个室友之间的尴尬。叶素息并不是个害怕尴尬的人，相反的，在那样局促的氛围里，她似乎比平时还要自得其乐。所以她没有打算做那个打破僵局的好人。

"你们好，我是韶青楚，从成都来。以后叫我青楚就好。"

那个像瓷娃娃一般好看的女孩率先站了出来，叶素息觉得她不但长得好看，连心肠也是好的。

3

叶素息读的专业，叫作广播电视编导，她们三个是最后被分配到宿舍的，所以就少了一个室友。

第一学期的第一堂课是电影赏析。授课的老师是个年轻女子。她自我介绍姓叶单名一个莎。

叶莎选择给第一次真正意义上接触电影的学生们，看的影片是侯孝贤的《最好的时光》，几个演员，穿梭在镜头前，来来回回演的其实是一个故事。关于最好时光的追忆与不可得。她的作业很简单，她给每个人发了一张纸，希望他们写下在影片里，印象深刻的桥段、画面以及原因。

萤幕上，闪动着有些昏黄的影像，舒淇抱着琵琶抹着胭脂，以一张极其现代的面孔弹奏着古曲。侯孝贤的镜头，每一个都很长，时常让演员端坐在画面两侧，直面地同镜头对话。而观众呢，也变成了镜头的延伸点，你可以十分直接地走进侯孝贤构筑的画面以及故事里。可能很多时候，故事是割裂的，暧昧不明的，话语稀少，大段大段静默的等待，但是这样等待的情绪却蕴藏着某种抓心的魔力，你并不觉得它们长，你反而觉得它们是必需的，那样的等待给了你足够多的时间去思考。

叶莎在一年级学生众多的课堂作业里，找出了一份十分特别的。字迹很不好看，笔画生疏，不好辨认。纸上的字数不多，甚至没有达到她 600 字的要求，可是却足以博得高分。

红色的旗袍：妖娆妩媚却又透着凄厉惨烈，似乎是某种预言，和结局相衬。

昏黄阴暗的走廊过道：隐射着主角失意的生活现状，这可能并不是他一个人的写照，大部分徘徊在现实与理想之间的年轻人都一样。

撞球间里的歌——Smoke Gets In Your Eyes：柔美的爵士乐，舒缓洒脱也浪漫，是老台湾的感觉，可能来源于侯孝贤对于自己美好时光的回忆……

叶莎很认真地看完了这一份课堂作业，才想起来要去看看学生的名字。叶素息，安之若素的素，安息的息。

叶莎的课很受新生们的欢迎，她不苛责作业，放的片子独具一格。素息也和大家一样，很喜欢听叶莎的课，甚至会偶尔翘掉别的课，去任何一个年级任何一间教室。她总是趁着开课之后偷偷溜进去，坐在最后的空座上偷听她的讲课。

盛夏时分的南京是很少下雨的，从 10 月初开始，将近半个月里未降过一场雨水。树杈上停着的知了叫个不停，在燥热的空气里，原本就刺耳的噪音以几倍的数值放大着音效，吵得人心烦意乱。大三的影视赏析课在 201 大教室里开课，叶莎主讲。四个小时的课程，放了一部台湾鬼才导演蔡明亮的作品《不散》。全片节奏缓慢，镜头悠长，故事情节单纯。讲的是一个影院散场的故事，的确有一种永不落幕的焦灼感，十分锻炼观看之人的耐心与意志。叶莎依旧布置了课堂作业，高年级的学生写起来要快很多，所以余出了半小时的点评时间。叶莎在众多的作业中反复查看了很久，然后从讲义里拿出另一张纸，放在了投影仪上。屏幕上出现的字迹飞舞，十分难看，叶素息一眼便辨认出了那是她的笔记。

"这是一个星期前，大一新生递交的课堂作业，这一份得了最高分。它并没有长篇大论，甚至没有谈任何专业的视听语言，不过我觉得很有灵气。大家可以看一看。"叶莎说到这里，停顿了几秒，扫视着讲台底下众人的神情，接着开口，"其实，影像并不是一门有规律的课业。它不需要你背诵定律，不需要你引经据典，只是需要你用心去感受，就这么简单。但是，如果你觉得这是一门简单的课业，那你就错了。它又是不公平的，并不是你比别人认真一分努力一点就可以的。它可能更需要一种天生的本能，我把这种本能称作天分，也就是与生俱来的感知力。再过一个学期，你们就要面对专业定向的选择了，作为你们专业课的老师，我希望大家可以认真地从自身条件出发，选择适合自己的。不做电视电影，还可以做别的。"

"素息，来，你的作业。"叶莎在说完专业定向的内容后，十分意外地当众点了叶素息的名字。

叶素息觉得所有人的目光都投到了她的身上，好奇的，轻视的，艳羡的，打量的……打量，这是叶素息极其讨厌的字眼儿。这样的眼神，让她觉得备受侵犯，让她觉得自己像极了陈列馆里的某具千年丧尸或者是某个瓷器瓦罐，被剥了皮囊，高挂在城头，反正与活人无关。

她原来叫叶素息。唐莳彦下意识地记了下来。

4

叶素息和所有人都相处得不错，最要好的自然是宋喜宝和韶青楚。叶素息安静，宋喜宝活泼，韶青楚妖娆。她们三个人同进同出，几乎成了一年级3班一道很好的风景。唐莳彦起初很不明白，性格迥异的三个人为什么会这般要好。素息告诉他，这是性格缺失部分的天然相吸。她被喜宝的活泼感染，也同样被青楚的果敢吸引。这就像唐莳彦会注意到她一样。他的英雄情怀遇见她这般幽静怨毒的女孩，自以为欢喜，其实只是性格缺失的彼此吸引而已。他希望拯救她，也希望从她身上看见新世界，就是这么简单。唐莳彦每每听见素息用平静的语调叙述他对她的感情，心里总是禁不住产生疑惑。疑惑于这个女孩是不是从未对他有过感情。如果有，为什么会如此苛刻坚守。他有时候会觉得，自己似乎很卑微。他的存在，完全不敌喜宝或者青楚的十分之一。因为在他看来，素息冷硬倔强，心里的固有原则不容辩驳。从不会迎合他的喜好，也从不附和他的观点。可是她却事事都顺着喜宝和青楚，愿意替她们做许多事，愿意听她们说许多话，甚至也愿意陪她们去做她从不感兴趣的活动。比如说，逛街。

叶素息第一次和喜宝还有青楚逛街，是个没有课的周六。她们三个人都起得很早，从公交站坐南经线绕过大半个城市奔赴新街口。这是叶素息在来到学校之后第一次进市区。马路宽阔却极不平整。她们三个人坐在后排的位子上，随着公车颠簸的节奏，一阵阵泛着恶心。车子途经的马路两旁，有着许多新旧不一的房子。它们被马路一分为二：左手边是崭新的高楼大厦。玻璃反射着阳光，叫人晕眩；右手边是等待拆迁的破旧平房，瓦砾残缺，墙体剥落。窗户上悬挂着许多衣物：衬衫、胸衣、内裤、鞋垫……私密物品被毫无保留地暴晒在烈日之下，在众目睽睽里，没有半点尴尬，似乎很平常似的。这是这个城市最真实的部分，生活在平房里的人们做着这个城市最多的工作，负荷着这座城市钢筋混凝土的重量。起早贪黑，不分昼夜，却赢不到一个晒衣物的私密处所。他们在日复一日的营役里，觉察不出羞耻。

如果，你处在世界的低处，那么，尊严就是一件十分奢侈的贵金属。


南京的地铁在全国是很有名的。它干净，崭新，华丽，只有一来一回两条线路，却贯穿了整座冗杂的城市。最重要的一点是什么呢？它还在盈利。无数的店铺开在这里，小吃、饰品、服饰、书局，应有尽有。素息发现和适才经过的世界截然不同，这里的一切都是新鲜的，看不到时间在上面刻画的痕迹，里面和外面就像是两个异次元的独立空间。原来，在这座城市的地底下，竟然还掩藏着另一座新城。因为没有过去的牵绊，它更加自在轻盈，显得没心没肺。素息忽然产生一个有趣的念头。如果有朝一日，这座新城将上面的那一座取代，新的淘汰掉旧的，没有记忆储备的铁器将满目疮痍的旧城捏烂捣碎，那么，我们是不是可以变得比较快乐和轻盈？没有所谓的记忆，你可以做到真正意义上的没心没肺，快乐度日，欢喜一辈子。

宋喜宝和韶青楚在一间又一间格子铺里，进进出出，淘出各色不同的衣服鞋子，试穿在身上，一次又一次，不亦乐乎。偶尔也会问素息的意见。叶素息是个不爱逛街的人，不爱买东西，也没有什么购物欲。她是个无法辨别美丑的人，对于好看和不好看的界限很模糊。衣服只要舒服，和身体没有什么抵触情绪的，她都愿意穿在身上。她喜欢把自己包裹得严严实实，即使是夏天也不例外。过膝的长裙是最好的，不会束缚住身体，又有足够的安全感，她喜欢这样贴近自然的衣物，这让她觉得轻松自在。

"素息，你看，这件短裤好不好看？很适合你。"

宋喜宝的手里拿着一条蓝色做旧牛仔短裤，款式简洁，没有什么别的装饰，只是裤脚的部分做了少许的流苏作为点缀。素息一看见就慌忙摆手。

"青楚，你看好不好看，是不是很适合她？"

喜宝见说服不了素息转而去寻求同盟，显然青楚并不买账。

"她不喜欢，就别勉强，你见过她穿短裤吗？"

"你们要喝水吗？我去买。"叶素息找了个理由，暂时逃离了宋喜宝的攻势。

地铁站的地下二层是杂货区。你几乎可以买到你想要的一切物品。杯子、首饰、假发、图章、梳妆盒、汽车模型……每家店铺的店老板都很热情，笑容殷切，口生莲花。叶素息拿着三人份的饮料，在众多的店铺里来回闲逛，被一家名字很有趣的小店吸引了注意，它叫作马台街 54 号。

马台街 54 号的墙壁通体被刷成了苍青色，墙上有零星的涂鸦，还有客人留在上面的墨宝，骂人的，表白的，叩问人生的。笔记杂乱，龙飞凤舞。墙顶的灯光昏暗，昏黄的灯光在墙壁上投射出许多阴影。一家自顾自生存的店铺，完全没有讨好顾客的殷勤。素息注意到这里两面的墙壁上用木质隔板做成了一个个的小柜台，一面放置着影碟，一面放置着一些小首饰。影碟的构成很丰富，从黑白默片到各类获奖精品，从冷门导演到热播电影，每一张都是值得收藏的好片子，足以看出老板的不俗眼光。而另一面墙壁上，则随意摆放着一些首饰，成色普通，没有特色。老板是个喜欢电影多过首饰的人。


"小姑娘，看上什么了？"

店铺老板是个年近中年的男人。蓄着胡子，一副黑框眼镜，头发很长，懒散地绑在背后，眼神慵懒，缺乏阳光照耀的煞白的脸，在昏暗的灯光底下，像个吸血鬼。他缩在靠墙的收银台电脑前，探头看了素息一会儿，并没有起身招呼的意思，素息觉得他只是象征性地问一问而已。于是她拿起手边的影碟问道："论斤卖？还是论张卖？"

男人放下手里的烟蒂，挑了挑眉："挑得好，十元一斤，挑不好，十元一张。"

叶素息只觉得有趣，歪头看了男人一眼，随即开始踮起脚尖挑选影片。她选了三张法斯宾德的代表作，《爱比死更冷》、《不莱梅的自由》、《恐惧吞噬心灵》。一套希区柯克的合集以及一张 BBC 宗教纪录片。男人静静看在眼里，默许着素息翻箱倒柜的越矩，最终决定按斤付账。

叶素息和杨柳的认识，带着极强的戏剧性。杨柳总说，如果是按照剧本正常的演绎，他们应该冲破重重阻挠相爱才对。素息每每听到这里，都会忍不住发笑。杨柳就是马台街 54 号的主人。原本是个大学教授。因为和学生恋爱，还让女孩怀了孕，东窗事发后被学校劝退了。这在南京当地是一件极大的事情。不过杨柳似乎毫不在意。他很潇洒地从学校走出去，用多年的积蓄开了这么一家小店。那个和他恋爱的学生呢？为他生了孩子，却忍受不了如此清贫困乏的生活，最终留下不足月的婴孩，出了国。

杨柳对于之前的感情，从来是直言不讳的。他曾经不止一次告诉素息，他对那个去了远方的女孩，从来没有怨恨之心。她在他一无所有的时候，愿意为他与家人对抗，愿意为他放弃学业，愿意为他生儿育女。她对他的爱，直到现在都是他十分宝贵的财富。只不过，很多时候，人们抵得过风雪磨砺，却无法同生活本身较劲。有时候，你会发现，那些不被大家看好的情侣，往往会走到最后，那些全世界都不祝福的爱情，最终基本也都开了花结了果。其实，心怀勇毅地同世界对抗，往往是会成功的。这样的英雄气概在爱情的炮制之下，会产生强烈的幻觉。它让我们麻痹甚至沉醉，以为有无尽的担当和挥霍不尽的爱。这样浓烈不畏世俗的爱，足以让他们撑过短短一世。可是当困难尽除，前路平坦，褪下王子公主传奇的外衣，现实生活的琐碎和戏谑，宛如当头一棒。这时候你才明白，原来前面的考验都不是考验，原来日复一日的平淡才是终极 BOSS。是它让你猛然惊醒，我们都是普通人，谁也无法突破自我局限，谁也不能战胜俗世生活，你以为你突破了，其实，只是缓刑。

叶素息和杨柳告别，拎着足有一公斤的碟片和三瓶水，重新回到服饰区。喜宝和青楚依旧在原来的店铺里没有挪动。素息走近一点，才发现她们是在同一男一女聊天。喜宝眉飞色舞地说着什么，青楚则是一脸无谓地站在一旁，盯着自己脚上的鞋子发呆。从背面看，这一男一女应该是情侣，女孩子穿得很亮眼，一双笔直白皙的腿，修长没有赘肉，一撮马尾，没有丝毫累赘。素息喜欢这样子的打扮，显得不刻意，可是却很利落清爽。

"素息，你回来了，还以为你走丢了呢。"喜宝冲着素息挥手，素息以微笑回应她。

听见叶素息的名字，那对情侣转过身来。是唐莳彦和他的女友。唐莳彦有女友，素息是一早就知道的。他是学校的风云学长，他的情史自然也是公开的。就连挽着他手臂站在身边笑容灿烂的女孩，身家也是透明的。她叫顾蔓菁，和他一个班，是文艺部的部长。琴棋书画样样精通，活泼美丽，平易近人。素息从未从别人嘴里听见过关于顾蔓菁的半句不是，她是近乎完美的女孩，家庭和睦，名门闺秀，自己又很争气。他们一同来自北京，相恋一年，已见过双方父母。素息和他们俩打了个招呼，就站到了宋喜宝的旁边。她和宋喜宝有一搭没一搭地说话，余光却不由自主地瞥着唐莳彦和顾蔓菁。站在对面的这两个人，是和自己完全不同的。比之叶素息的暗淡，他们是那么惹眼，色彩浓郁。他们那么和硕完满，就好像从来没有过什么兜转，王子和公主一抬眼就碰到了对方。

"你是叶素息吧？"顾蔓菁一眼就认出了对面的女孩，素息有些惊讶，不过还是极其温顺地点了点头。

"那天叶莎的课我们都在场，近看，更好看。"

顾蔓菁的夸赞是从来都不吝啬的。素息知道，只有心底灿烂亮堂的女孩子，才会真心实意地赞美别人。因为眼到之处皆是美好，对人对事才会没有丝毫保留和忌惮。顾蔓菁就是那样的女孩，心如明镜，从来没有对不起什么人，也没被任何人辜负与伤害，活得十分理直气壮，这真叫人羡慕。

因为可以一同拼车回去，他们几个人决定一起吃顿晚饭。唐蒔彦是那种很会调节气氛的人，话很多也有趣，会照顾到在场的所有人，绝不让任何一个人觉得受了冷落。很多东西是天生的，善于同人相处，这是唐蒔彦的长处。从学校创建聊到电视电影，从旅游聊到音乐，什么都能蘸取一点。一顿饭吃了差不多两小时，不长不短，时间刚刚好。素息很多时候都在一旁点头附和以及沉默着将食物送进嘴里，偶尔说几句话串场。于是，他们几个算是真正意义上地认识了。

Chapter 2

不会因为时间消亡的爱情，

那是什么？

# 1

接近第一学期期末，学校组织了新生一年一度的外出采风。这一次去的地方，叫作凤仙。凤仙，是一个坐落在安徽境内的村落，因为鲜有观光客，旅游业尚未发达，所以明清时代的古居得以完整保留。徽派建筑，清雅内秀，骨骼十分清洌。学校选择凤仙作为新生第一次摄影采风的目的地，自然是看中了它完整的徽派风情和与世隔绝的独特韵味。

宋喜宝来自宁波，韶青楚来自成都，一直身处都市的她们，对于可以去如此隐秘幽深的徽州古寨，感到兴奋异常。可是这些对于从小在坞瑶长大的素息来说，却并没有什么吸引力。她跟随着外婆在离坞瑶尚有数十里山路之遥的枫树秃长居多年。在那里，她看惯了山清水秀：田埂间的犬吠，溪水里的鱼虾，大片大片的松针，还有农妇们粗糙的双手以及混沌的眼眸，将暴力理解为丈夫对妻子深切的爱的愚昧无知，诸如此类。料想，凤仙，无论取一个怎样悦耳的名字，依旧逃不出这些琐碎光景。

去凤仙的队伍共分了三批，交错着时间前后而行。一年级一二三个班第一批先行，浩浩荡荡四辆校车，从南京一路向西。开了三个小时的高速，出了江苏省，跨进安徽境内。下了高速之后，道路变得迂回，高低不平的马路，扬起阵阵黄沙，两侧开阔的田地被密林山丘取代。一两户人家零星点缀，偶尔的几缕炊烟，提醒着你尚有活物。看见同都市全然不同的萧索肃杀，原本安静的车厢渐渐热闹起来。素息注意到大家都从蒙眬的睡意里醒过来，或坐，或站，或趴在窗前，好奇地打量着窗外飞速过去的乡间光景。

"素息，看我做，抓住稻子，朝一个角度从下往上，这么用力一拽，瞧，就割起来了。"进行示范动作之后的外婆，将手里的镰刀递给素息。

你见过镰刀吗？就是那种江南农妇用来割稻子的自制工具。木制的刀柄，半圆弧度的刀身，刀背厚实，刀锋如锯齿，像某些猛兽的牙齿。叶素息依着外婆的指示，双手接过镰刀。只觉得刀身沉重，咬牙将它单手拿起，用尽力气，几乎憋红了小脸蛋。她依照着外婆的动作弯下小小的身子，张大左手，努力抓了一把稻子，然后颤颤巍巍地举起右手，学着外婆的模样，将镰刀的刀口对准稻秆，用力拽起。殷红的水，顺着垂下来的稻穗，一点点洒在有些干裂的土里，顺着缝隙渗进去，一下子就被泥土吞没。起初感觉不到疼痛，她有些痴傻地看着金色的麦穗变成赤红色，觉得那么神奇。直到被身旁之人抱起，大踏步跑出麦田，才感觉到了左手如锥的疼痛。

"素息，不要害怕，一会儿就好了，素息要勇敢，不要哭，不要害怕。"

3岁的叶素息，哪里懂得勇敢的意思，她只感受到了前所未有的疼痛，镰刀冰冷的温度和尖利的刀锋，以及深可见骨的伤口。任凭外婆用了多少纱布来包扎，血水依旧汩汩地流出，像条小溪，想要汇聚成河。

深可见骨的刀伤，用消炎药包着足足花了一个来月才痊愈。

在叶素息的记忆里，外婆教会她的第一项本事，就是割稻子。小小地抓一把，看好角度，用力一拽。其实再简单不过。3岁时候制造的刀疤，如今早已变成一条横跨手掌的痕，比正常纹路深一些，将掌心一分为二。

时间似乎是在这个时刻，有了一种回溯的力量。渐行渐远的都市广厦，曲折蜿蜒的山间公路，起伏延绵的山丘以及山丘上密密麻麻的茂密树干，都和记忆里的枫树秃相差无几。叶素息感觉到自己的左手在口袋里渐渐抱成拳头，隐隐作痛。

终于，凤仙渐渐地近了。

十二月份的天气，已经凉得彻骨。雾霭朦胧里的安徽古寨，在曲折蜿蜒的山路尽头，隐约展现出了灰白色的轮廓。车子无法再向前走，只得在进村的梧桐林前停了下来。梧桐树大极了，像个巨大的蘑菇云，罩住了冬日本就稀少的阳光。它的叶子被风卷起，漫天翻飞着，在地上转着螺旋。原本红色的土地被梧桐叶铺满，目之所及，都是金色。清澈的溪水将山路和村落隔开，凤仙就宛如一个一直未曾被打扰的婴孩，在白雾里，静默得很，像是正在做着美梦。众人下车，素息一脚就踩在了成堆的梧桐枯叶上，树叶发出清脆的声响，宛如裂帛。

溪水之上横亘着一座独木桥，大约有十几米长，只容得下一人行走。他们依次过桥，从山底往山腰爬行。走了约莫30分钟，谷里的凤仙终于露出真实面容。成片的灰砖白墙，一时看不到边际，几条泉水横穿村落，已是晚饭时间，炊烟袅袅，升到半空，和白雾互相揉搓，你推我揉，最终在倾斜的夕阳里，变成天边嫣红的烟霞。素息识得那是火烧云。

"外婆，为什么天是红色的？"

"因为玉皇大帝的宫殿里着火啦。"

素息看着天边火红的云朵，取出相机，完成了第一张的构图作业。

"外婆，你快看，今天，他们的宫殿里，又着火了。"

## 2

学校将住宿安排在农家，一个班级和一个农家结对。女生男生各自睡一间大通铺。屋子很大，十分有规则地铺着一张张被褥。床单整洁，被褥甚至没有什么折痕，闻上去，有干燥温暖的阳光气味。足以看出农家为了这群城里来的孩子，着实花了些心思。晚饭很丰盛，鱼鸭肉，一应俱全，蔬菜因为是自家种植，所以十分新鲜。素息有些晕车，胃不是很舒服，所以吃得不多，其他人都吃得很高兴。

凤仙的晚上来得很早，皎洁的月色高悬在没有一丝乌云的夜空，十分美丽。素息和青楚站在天井里，抬头看着月亮发呆。刚过了十五，月亮看着还是很圆润。

"不知道伦敦是不是也看得到这么美的月亮。"素息听着青楚沉寂的嗓音，不由转过头去看着她。

韶青楚海藻般的头发遮挡住了她大半部分的面容，在头发虚掩着的缝隙里，可以看见那双闪闪发光的眼睛，像是山野间飞旋的萤火虫，隐隐闪动。素息知道，青楚说的人，自然不是肖鹏。他叫谢廉，现在在英国一座高等学府里就读。青楚给她们看过他的照片。她偷偷登进谢廉的校内，带着她们从未见过的羞涩和胆怯打开相册，向素息和喜宝展示她心里真心中意的男生。

谢廉是那种看一眼，就很难忘记的男生。帅气温柔又很聪明，对所有人都和颜悦色，眼神里的情谊，总是很浓厚。每次回国，他们都会见面。看场电影，走一段路，亲亲抱抱，却都是点到为止。究竟他爱不爱青楚呢？素息觉得或许是喜欢的吧，毕竟青楚美丽、聪明、妖娆，是个极其有魅力的女孩，对于她的示好和爱慕，他没有理由拒绝。可是，也仅是如此而已。韶青楚在谢廉这里，至多是路过花园时，看见的一朵秋海棠，惊艳之余，心有怜爱，却远不会停留。而对于青楚来说呢，就完全是另外一回事儿了。这个男人是她心里的月光，隽永而美好。这样的美好，足以在冰凉的现世里，照出一缕光亮来。让她仰望，跟随。青楚说，他就像是她航海时一直瞭望的灯塔。她依靠他来辨别方向，汲取勇气。在浩渺空落的无涯汪洋里，有所依托，不至彷徨和失望。

很多时候，你的人生也会遇见几朵秋海棠和一轮皎洁的月光。月光美好，因为触手不可及而没有了任何瑕疵。你总是抬头仰望，即使摔了跟头，磕了脑袋，依然不愿低头。直到有那么一天，你忽然发现，月光还是那样的月光，可是那份悸动的心早已不再。那么，你究竟仰望的是些什么呢？原来它们早已经什么都不是了，就像是夸父追日，精卫填海，嫦娥奔月，结果和目的地根本没有意义。你只是太习惯这个仰头企盼，拼命投奔的姿势。可是秋海棠呢？它相较于月光总是显得普通很多。你总觉得看见过这朵，那么再往前走走，也许可以巧遇上另一朵。或许下一回就不是秋海棠了，是牡丹、芍药、月桂什么的。世上的花朵成千成百，还怕遇不见一个称心如意的吗？于是你傲慢非常地扬起头颅，大步流星，直到走出花园，才发现两手空空。想要回头，已经没了时间。对啊，世上哪有这么好的事儿。贪心总是会得到惩戒，相较于这世间的规则，爱情，反倒是最公平的东西了。

"青楚……"

"素息，我知道你要说什么。这些道理我都懂。我也想过重新开始，硬逼着自己去遗忘，和某个男孩在一起，过这个年纪的女孩子们该有的生活。可是，心里的位子放久了以后，会产生倦怠感。你会懒得去清理，甚至也不愿意清理。其实这样挺好。谢廉变成心里一个期望的对象。这种感觉就像是在现实里你永远不会绝望。爱情似乎会一直存在，并不会因为习惯或者是时间而消亡。"

3

因为要拍摄日出的关系，接近两点的时候，她们就被骆胤叫醒。骆胤是他们班的班长，是一个大个子男生，几乎没有脾气，说话中气很足，做事极有条理，而且十分细心。素息对这个男生没有什么坏印象，这是个无可指摘的人，无论是做同学还是做干部，都做得十分称职，只是很难叫人产生亲近感。队伍花了10分钟进行集合，40个人，无一人落队。骆胤将为数不多的男生分别安插在队伍居中以及首尾，规定上山之后每隔2分钟，报一次数。

凤仙的凌晨，比白天温度要低得多，阴冷的风直直地灌进领口，山间的小路崎岖，打着手电，只觉得树影幢幢，森然可怖。喜宝紧贴着素息的后背，一双冰凉的手在素息的手里微微发颤，素息感受到喜宝的惊恐，转过身冲着她做了个鬼脸，喜宝果真吓得惊叫起来。素息看着喜宝滑稽的模样，禁不住笑出了声。

"叶素息！你想死呀！吓死老娘了！"

原本安静挪动的队伍经她们这么一闹，顿时欢乐了不少，骆胤走在素息的前面，转过身，对着她做了个感谢的手势，素息只当不见，和身后的喜宝继续打闹着往前攀爬。约莫走了一小时，脚下原本人工开凿的山路变得越来越狭窄，身旁树木的枝桠逐渐繁茂起来，再往前走了约莫十分钟，脚下的道路消失了。看来，半夜上山，没有做足地理功课的他们，在凤仙的众多山丘里迷了路。考虑到摸黑下山太危险，他们只得在原地等待天亮。

疲倦、寒冷、懊恼的情绪蔓延得很快，他们肩并肩互相依靠在一起，陷入了长久的沉默，远游的情绪在这个时候降到了冰点。偶尔有风，吹过耳膜，以及山林间猫头鹰的鸣叫。素息的手机在这时候忽然来了短信，是唐莳彦的。

"我记得凤仙的晚上风很大，如果出去拍日出，记得穿一件防风的大衣。"

素息在寒风刺骨的山里，看见唐莳彦嘱咐自己穿防风衣的简讯，心里升起暖意。这是自他们上一回在地铁站巧遇之后，唐莳彦与她的第一次单独联系。素息可以觉察得出简讯背后的意思。在这个时间点发来的讯息确实太过暧昧，如果她回复了，那么就意味着某种默许。

Once I had sweetheart, and now I have none,
Once I had sweetheart, and now I have none,
She's gone and leave me, she's gone and leave me,
She's gone and leave me to sorrow and moan.
Last night in sweet slumber I dreamed I did see,
Last night in sweet slumber I dreamed I did see,
My own precious jewel sat smiling by me

喜宝清亮的嗓音，打断了她的沉思。"Once I had a sweetheart"，"昔有爱郎"，素息觉得词翻译得真美。原本沉默的众人，似乎也和素息一样，被喜宝动听的歌声以及温柔的歌词感染，纷纷加入了合唱。

　　昔有爱郎 今已去，

　　昔有爱郎 今已去，

　　郎已离去 留我空守。

　　郎已离去 留我悲痛和忧伤。

　　昨夜甜美睡梦中，

　　昨夜甜美睡梦中，

　　又见郎君伴我而坐现欢颜。

　　梦醒时分却非此，

　　梦醒时分却非此。

　　泪如泉涌溢难止。

　　一路前行，

　　一同前行，

　　我说过物以类聚，

　　所以，

　　你我同聚。

　　"我说过，物以类聚，所以，你我同聚。"很多年后，叶素息每每觉得疲惫，都会想起在凤仙山林里迷路的情景。每次想起那天的场景，她都会从心底里生出某种力量。而它的产生，并不是因为唐莳彦，而是因为那些清亮的合唱。他们的歌声透过寒冷孤寂的暗夜，在凤仙的山野里，循环往复，久久不息。朝阳在那样婉转低回的浅唱里，从云端爬上树梢，将每个孩子冻得通红的脸映衬得十分鲜活。

素息觉得，那可能是美好回忆带来的力量。那时候，她们都那么年轻，可以为了拍摄一个日出，半夜出游，也可以为了一句简单的歌词，而心驰神往。那是只有青春少女才有的特权。有足够的时间和单纯，可以挥霍，可以等待，可以骄傲，也足够美好。

来之前，叶素息就看过了凤仙的全部资料。作为安徽远离合肥的古村落，凤仙人几乎过着桃源式的生活。他们祖祖辈辈都在这里劳作，外面的世界，并不足以勾起他们的好奇。这里的砖雕、石雕、木雕，是百姓赖以生存的传统技艺。年轻的男女如果不读书，大部分都会同老师傅学习这几门手艺。行走在凤仙曲折的石子小巷里，到处都可以看见它们的身影。蹁跹的屋檐，栩栩如生的蟾蜍，风姿卓越的美人，低眉垂首的观音，以及看似漫不经心的门槛立柱。

不知不觉就和大部队拉开了距离，叶素息发现自己正站在一大片油菜地跟前。早已过了油菜花开的季节，可是油菜地却还是很美。那些油菜长得很高，足有半人长。素息一下子就跳到了田埂上，像小时候一样张开双臂，保持平衡，然后大步往前，向着田地深处走去。她的指尖可以触碰到油菜扎实的梗叶，它们像是一个个等待苏醒的婴孩，被羊水充足的母体深深包裹，等待与这个世界见面的时机。素息转过身，看着自己适才走过来的道路：松软的黑色泥土上，两排脚印深浅不一，错落有致，那是时间的齿痕，咔嚓咔嚓，白驹过隙。你以为年幼无知，时间尚早，很多影响终将过去。殊不知，它们早已根植在柔软如水草的五脏之内，只要稍一触碰，就会破土翻新。

Chapter 3

你，怎么不闭眼睛？

# 1

从凤仙回来没多久，第一学期宣告结束。喜宝和青楚都回家过年，素息找了一份南京图书馆兼职管理员的工作，待了下来。来图书馆借书看书的人在过年期间其实是不多的，与其说是与人为伴，寒假的一个月，素息更多的是在与书为伴。她翻看了许多书，也做了许多摘录。

最近迷上的是阿加莎的小说。素息觉得阿加莎和柯南道尔在本质上最大的区别在于性别本身。女人感性的本质，决定了阿加莎的推理小说里，对话的使用占据了大部分的篇幅。人物之间的对话往往多而杂，你以为可以轻松忽略的章节，实则暗藏玄机。往往一句话就是破案的关键所在。阿加莎写小说，就像是在和读者玩游戏，它把打开迷宫之门的钥匙，藏在某一页的某句话里。她引诱你去寻找，又诱拐你离开。叶素息喜欢和她玩这个游戏，有时候是她输，有时候是她赢。


新学期伊始，宋喜宝告诉叶素息和韶青楚她恋爱了。男孩名叫徐永泽，是美术学院的学生，长喜宝两岁，他们是在去年凤仙采风时认识的。宋喜宝安排了新学期的第一次集体出游，打算将徐永泽介绍给自己的好友。出游的地点是说了多次要去都没去成的明孝陵。

明孝陵坐落在钟山南麓，茅山的西侧。坐上地铁，从安德门坐 8

站到明孝陵站下车，再转一趟公交，就可以看见它静默宽阔的门楣。徐永泽来得比她们早，他站在神道四方亭的底下，背着一个硕大的登山包，身材瘦小，长长的头发挡住了半边的眼睛。看见宋喜宝，十分欢乐地挥手。叶素息对他的五官印象不是很清晰，因为个子小，站在高挑的喜宝旁边，总觉得像个女孩子。他话语也不多，通常只是默默地做事，替她们买水，跑腿，拿重物，帮她们拍照留念。不过，徐永泽有一双很好看的手，纤细修长，白皙灵巧，指节细小，的确是一双画画的手。

今天的南京，天气有些阴沉，加之明孝陵在钟山半腰处，因此比别处的温度又要低上许多。他们四个人走在宽阔的步行道上，觉得四周雾气缭绕，参天的梧桐有着数百年的历史，显得肃穆而隆重。它们被修剪掉了枝叶，粗壮的树干保持着向上的一致性，宛如柄柄厉箭，直插云霄。展现在眼前的 5000 米神道，蜿蜒绵长，看不到尽头。脚下的青石路，高低不平，低洼处沉积着水渍。走一步，崴一脚，很艰难。神道两旁相向排列着 12 对石兽。分别是石兽狮、獬豸、骆驼、象、麒麟以及马，每种两对，一对伏，一对立，两两相望，彼此陪伴了几个世纪。

叶素息注意到，由于长时间的风化，石兽的面部样貌已经损坏得很厉害。从神道的这一头放眼望过去，它们一对对静默地端坐在那里，繁盛的松柏在冷冬里依旧翠绿，同时间蹉跎后的它们形成参差的对比，像是对旧日时光的某种敬礼。

穿过悠长的神道，便到了四方城。它的周身用大条石堆砌而成，东西长 80 米，南北宽 40 米，底部是须弥座，座上雕刻着青莲。因为时代久远，红色的墙体已经剥落，灰色的大条石上泛着发霉的白色菌类。而爬山虎却十分活跃，它们攀爬而上，将城墙层层包裹，从细缝里探出枝桠。旧王朝一去不复返，它们反倒在这些残垣断壁身上，找到了栖身之所。四方城的正中间有一个拱门，从拱门走进去，是条冗长的隧道。青石台阶上嫩绿色的青苔层层叠叠，是黑暗里唯一仅存的生机。

宋喜宝有些夜盲，一路上都紧紧拽着徐永泽纤细的手，徐永泽小心地带着喜宝一步步往前走，素息和青楚肩并肩走在后头。从隧道出来，抬眼就是埋葬明成祖的馒头山，上面用石锥刻着一行浅淡的字：

"此山，为明成祖之墓。"

素息十分喜欢这里，从神道钻进隧洞，走百步的石阶，抬眼的不远处是光明的出口，而身边有水滴石穿的错落声响。他们仿佛是那些一步一叩首的臣子，走过寂静无声的时间，抬头就看见同样寂静无声的墓碑。不远处的随葬队伍，吹奏着哀乐，似乎犹在耳畔，她甚至可以看见那个命中注定的团聚。


"我和肖鹏分手了。"

韶青楚看着馒头山旁边的石碑，没有任何征兆地开口。叶素息看着青楚平静的侧脸，她的嘴角微张，红色的风衣随着初春的风，微微飘着。在肃穆的陵寝里，这一抹红显得突兀又不失美丽。

"为什么？他对你不好吗？"宋喜宝的反问带着几许苛责，素息知道，喜宝一向十分喜欢肖鹏，也为肖鹏愤愤不平。

青楚抬起头，拨了拨额前的头发，双手无意识地顺着石碑上的纹路来回轻抚："是太好了。"

那时素息第一次知道，原来太好了，有时候，也是一种罪过。

后来，宋喜宝曾经多次询问过叶素息，她对徐永泽的印象如何。素息都没有正面回答。她对徐永泽的印象并不深刻，只是觉得他并不是一个可以长久托付之人。他没有足够强大的力量托起他与喜宝的未来。素息一直觉得，喜宝要找的男孩子，是那种可以给予她方向的人。他拥有足够的能力带给喜宝健硕的生活根基和完整的人生观。而徐永泽和她实在太过相似，如此善良纯真又显得单薄的两个人，如何面对变幻莫测的未来呢？

可是，爱情，或许不能用如此理智的想法去演算。可以算得精准的，从来算不得爱。只有那些明知不可为却仍旧不可控的情感，才算是爱。安之若素的情感，那么难得，他们似乎从来没有遇见过。

## 2

学校依照惯例，举办了新学期的采风影展，展出的是上学期他们去凤仙采风的优秀作品。这次展出的作品多达数千张，密集地布满整个展厅。唐莳彦和顾蔓菁并肩站在一幅作品前，它是这次凤仙系列摄影作品里获得最高分的照片。照片并没有拍摄凤仙极具特色的建筑，也并不是人物肖像，而是一张极其简单的风景照。照片里是一片漫无边际的油菜地，映衬着远处模糊的白墙，田埂将画面一分为二，泥土上的脚印，由远及近，清晰可见。明明是很爽朗的色调，却因为太过明媚，透着些许不真实。《目光》，一个和内容看似无关的名字，旁边附着作者手札：

一直在等待，
等待我们的重逢。
你看，
脚印绵长，串成目光。
请你原谅，
我朝着梦境里的重逢飞奔而去，
从未在意，
身后驻守的，你的目光。

——一年级三班，叶素息

"我听说，她这次只交了两张作业，一张是《目光》，一张是《着火的宫殿》，因为没有按照要求完成人物肖像作品，本来要挂科，可是上交的两张作业都不错，最后破格得了优。是很有灵气的。"

叶素息选择了傍晚来看影展，这个时候大部分人都去吃饭了，人少，不会很吵，可以更好地看照片。展厅里的吊灯很亮，巨大的光束像剧场里的聚光灯。唐莳彦就站在那束光的底下，右手在她的《目光》上来回抚摸。叶素息抬头猛然撞见，觉得很唐突，想转身退出去，又显得刻意，一时不知道如何是好，竟然有些窘迫地站在原地。自然，这并不是素日的她会有的状态，像个初次登台的孩子，手足无措。她不知道唐莳彦有没有发现自己的心虚和忐忑，只得迅速抬头微笑和缩回手的男孩打招呼。

"一个人？"叶素息开口问道。

"难道你还看见了别人？"唐莳彦冷冷的腔调，似乎夹着些许不满。

叶素息迎着唐莳彦带着挑衅的眼神，觉得他的抵制情绪来得很莫名，耸了耸肩，没有回话。唐莳彦也不知道自己暴躁情绪的来源是哪里，是因为她没有回他的简讯吗？是因为他从没被人这般忽视过吗？对面的女孩不说话，唐莳彦又憋着一肚子的委屈，于是两人，陷入长久的沉默。

"当时，你站在那儿，想到了什么？"最终，唐莳彦比叶素息早一步打破了僵局。

叶素息看着自己拍摄的照片，青翠的油菜地，由远及近的脚印，远处发红的云霞，美得像个一戳就湮灭的泡沫。

"你有什么特别后悔的事吗？"叶素息并没有回答唐莳彦的问题，而是自顾自地发问。

"后悔吗？"素息注意到身边的人几乎没有花几秒时间便脱口而出："只要是做过的，从不后悔。"

"真幸福呵。"


叶素息带着十分羡慕的口吻和目光，看着身边意气风发的男孩。她的确没看错，这个人的乐观和自信，是从骨骼里散发出来的本质。那种极其刚猛的心智，并不容小觑。而唐莳彦呢，一直记得叶素息当日的神情。声音里的艳羡，嘴角温柔的弧度，同平时的冷硬判若两人。黝黑的眼珠，明明是看着他的，却并未在他身上有所焦点。既深且远的目光，穿过他的五脏六腑，落于远方。有那么一瞬，唐莳彦的身体里充满了无垠力量。他觉得，他似乎正在感染着眼前的女孩，将他的光亮投射给她。而他愿意为了这样的神情，一直努力发射希望与光芒，像颗恒星。

"那你后悔过吗？"

"当然，最后悔的事情，都在这里。"素息伸手抚摸着相片，玻璃冰凉的触感从指尖渗进去，叫她不由打了个冷战。

记忆里，外婆的手总是温暖的，和她此刻触摸的铁艺玻璃相框截然不同。可是那时候的她并不喜欢那样的温暖。外婆的手滚烫干燥，像把钳子，牢牢抓着她的手腕，带着她跋涉攀爬，狩猎牧羊。在冬天的院子里洗澡，寒风凛冽，灯火昏暗。混浊的热水被放在红色的塑料水桶里，稍微慢一点，就可以自动冻结。她在冰冷的冬夜瑟瑟发抖，昏暗的灯光从茅房里透出来，洗澡水看上去黑得好像墨汁，外婆将黑色的墨汁一勺勺倾倒在她洁白的身体上，将她整个人染得如同这乌压压的冷峭的夜晚；在崎岖高远的山包里采摘茶叶，从朝阳初升一直到斜阳铺道，原本干洁的双手布满绿色汁液以及蛇虫的尸体，茶园望不到尽头，似乎这样左右手并用的奋力采一辈子，也无法得到丰收；走十几里的山路去集市倒卖蔬菜。篮子里的土豆又大又圆，苍青色的蕨菜带着早晨的露水，叶素息用力地拎着它们。土豆总是自己滚出来，而蕨菜总是在到达集市的时候变得软趴趴的。赶路的外婆也总是走得飞快，她大步跟在后头，紧紧拽着老人的衣角，深怕被遗弃在人潮涌动的乡村驿站。

是的，她的童年，从没有逃出过外婆这双粗糙的手，却又十分害怕这双手不再拉着自己前行。这是一件十分矛盾的事情。你害怕被强硬的力量控制和驾驭，害怕丧失了自我意志，变成某种复制品。却又恐惧被真正意义上地予以放弃。外婆或许从不喜欢她。外婆嫌她娇弱，爱落泪，话语稀少，不够活泼，无法独当一面。素息有时候想，外婆应该更希望自己的第一个曾孙是个男孩，而不是个怯懦胆小的女娃。

那时候，父母每隔半个月会来看素息一次。那天，自然是素息的节日。外婆会拿出最好看的衣服给她穿，替她扎头发，鞋子也被刷得白净整洁。爸爸妈妈会从城里带来许多书籍、玩具和好看的发夹，会和素息玩耍，极其耐心地说话。她会坐在爸爸的腿上，拉着妈妈的手，将头一个劲儿地往妈妈怀里钻。素息觉得妈妈的手和外婆的手很不一样。妈妈的手既温暖又柔滑，很好闻也很好摸，像丝绸。她十分羡慕妈妈有一双纤细美丽的手，和陶瓷一般，不被损坏，和她的那么不同。

叶素息记得离开枫树秃的那天，是她有生以来最开心的日子。那天的天空分外蔚蓝，雪白的云朵悬在上面，白的好像棉花。阳光璀璨，透过云层，投射在她眼里。那是春天，油菜地开满了鹅黄色的油菜花，密密麻麻，漫无边际。妈妈和爸爸整齐地站在百米外的马路旁，朝着素息招手。素息尖叫着从油菜地里跑出来，细小的双腿，迸射出力量，飞快地奔向站在远处思念千万遍的幻象。她跑得那么快，十分迫切地想要弄清楚，幻象是否真的成为了现实。血肉相撞的饱足感以及温暖的爱抚和小心翼翼的拥抱，让她确定重逢是真实可靠的。他们并没有抛弃她，他们终有一天会回来，带她长久地离开。去一个开化富足，无需手脚沾染污垢的新世界。轰鸣的引擎像是爆竹，和素息雀跃的心情一样发出激烈的声响，仿佛炸开的花束。素息坐在妈妈身边，握着妈妈丝绸一般的手，眼睛直勾勾盯着前方。茂密葱绿的树木一点点变得稀少，马路逐渐变得开阔，车子的转速越来越快，向着新世界疯狂前进。

一直在等待，

等待我们的重逢。

你看，

脚印绵长，串成目光。

请你原谅，

我朝着梦境里的重逢飞奔而去，

从未在意，

身后驻守的，你的目光。

是的，她从未想过回过身去，和身后站在油菜地里的老人，挥手作别，哪怕是展现出一丝一毫的不舍。

那年，叶素息满七岁。正好到了上学的年纪。

回到坞瑶的叶素息，是如鱼得水的。她健康、坚韧、勇敢、能吃苦，比所有同龄孩子力气都要大。可以轻易地提起水桶，知道拖地的正确手法，从不害怕鬼怪。跑步总是女孩子里最快的，有时候甚至要快过男孩子。很少生病，懂得谦让，不和同学吵架，处事公道，愿意照顾别人，不用爸爸妈妈操心，是个所有人理想里想要养的孩子。

叶素息觉得做个好孩子，她一直充满天分。也一直为这样的天分，深感自豪。得到许多的赞美和跟随，这样的成就，让她终于渐渐丢弃了原本的卑微感。枫树秃的模样，外婆掌心的裂痕，泥土腐烂潮湿的腥气，终于，被一点点从心口赶出去，甚至连记忆也一并根除。这是让她极其欢愉的改变。摆脱野蛮和粗俗，她终于变得如妈妈一般，是个高贵的人，从血脉到骨骼，都如此高贵。

可是，天分？什么是天分？你可能擅长唱歌，可能擅长解方程式，可能擅长记忆、钢琴、舞蹈、书法，甚至是生火做饭。可是做一个好孩子，从来倚仗的不是天分。叶素息在很长的一段时间里都不明白这一点。你的不同，究竟源自你的天分，还是源自榜样的力量。你得明白这一点，并且学会感恩。

## 3

从展厅回来的那天夜里，叶素息再一次在梦境里看见了外婆。她似乎又蜕变成了一个在襁褓里的婴儿，外婆的脸离她只有几寸的距离。她脸上饱经风霜的色泽，深深的褶皱，干裂却丰厚的嘴唇，以及眼里容易辨识的关爱，宛如胶片电影，逐帧播放，历历在目。素息还那么小，却第一次试图伸手去触摸那张熟悉又陌生的脸。那样温暖而踏实的存在，她已经多年未曾体会。

枕边眼泪堆积而成的冰冷，让叶素息从梦里惊醒。黏稠的泪水粘住了她的眼皮，她用力揉了揉才勉强睁开了眼睛。南京冬日的夜晚，总是狂风大作，发出宛如孩子啼哭般的呜咽。隔着砖墙和玻璃，可以看见阳台上左右摇摆的衣物，在狂风里，振动双臂。素息不知道为什么会给唐莳彦发去简讯。或许是夜凉如水，却唯独她醒着。也或许是心底的本能作祟，无所归依却总想寻找依靠。她是将这个和自己绝然相反的男孩，视作了出口。起码，在那天，是这样的。

"没睡，要不，出来走走，5分钟后，在宿舍楼下等。"

唐莳彦的回复从来不会出现疑问句，做任何决定都不需聆听别人意见，也从不需要获得他人同意。这是种与生俱来的乐观和自信。叶素息蹑手蹑脚地爬下床，顺手拿起大衣，将头发用簪子卷成花苞，插成发髻，穿上靴子，悄悄带上了房门。唐莳彦已经站在了宿舍外的马路上。这是他们第一次真正意义上的约会，时间却已经是凌晨3点。站在昏黄路灯底下的唐莳彦，穿着一件卡其色风衣，戴着黑色的毛线帽，整个人缩在衣服里，只露出一双闪闪发光的眼睛。像个贼。可不是吗，他们俩都像个贼。

叶素息的脚步很轻，走得也很快，一下子就站到了唐莳彦的身边。唐莳彦伸出手，很自然地将素息的手握在掌心，顺势放进大衣的口袋。素息觉得唐莳彦的手掌很大，并不如想象中光滑，却干燥而温暖。她的手被他牢牢地握在掌心，在口袋里一点点有了温度。从心口萌发的踏实感，让素息想起适才梦境中出现的老人。

是从那个时候开始，对身边的这个男孩有了某种难以言说的情愫，那是种同气连枝的亲近感。这种好似亲昵家人的感情，出现在认识不足一年的陌生男孩身上，素息把这理解为爱情。

寒冬的凌晨，有很好的月色，群星满天，似乎唾手可得。后来素息去过很多地方，看过无数皎洁的月与繁星，却一直觉得，那晚的夜景是最美的，从未被超越过。布满天际的点点星光，和操场远处的灯火揉搓在一起。越过草坪和高高的围栏，外头便是笔直宽阔的公路。

偶尔有打着尾灯的车辆疾驰而过，隐约可以听见风声。叶素息和唐莳彦并肩坐在草坪上，看着零落的车辆驶向未知的远方，隐没在灯火寂灭的尽头，退成黑点。素息很喜欢看入夜后的马路，霓虹灯，昏黄的路灯，反射着蓝光的站牌，疾驰而过掀起的风，以及一直向远方奔驰前进的姿势，仿佛岁月在此时不曾被感知，他们可以追得上时间。

　　整个晚上，几乎都是唐莳彦在说话，大多时候，素息只是安静地听。唐莳彦和她说他的家庭，他孪生的弟弟，他心思细腻城府颇深的继母，他同父异母的年幼的妹妹，他独自生活的母亲和那个有些刚愎自用的父亲。他告诉她他和顾蔓菁的相识，同乡会上的一见钟情，男女吸引，自然的相恋。却唯独不谈他对素息的感情，可是素息觉得这也不是十分重要。她耐心地听着唐莳彦停停顿顿的叙说，节奏缓慢却悠长琐碎。那么如饥似渴地说，像是从未有人和他如此对坐。


　　“是不是有些无聊，都是我在说。”

　　“没有的事，你疼你妹妹的心，很真实，没有怨恨之心，其实，很了不起。”


　　唐莳彦听见叶素息的话，略微一愣。他从未和别人说过这些，也不知道为什么会和叶素息说。似乎是不自觉地就想将自己整个儿掏出来捧在她面前。叶素息一句寥寥的赞赏，竟让他颤抖起来。就像是小时候交了份满分试卷一般的窃喜。叶素息的眼眸在月光下闪烁着微光，像只灵兽，带着未经雕琢的对这个世界的审视，如此专注认真，让他无法移开视线。他伸出手，绕过叶素息的脖子，他觉得她的脖颈凉而纤瘦，像是植物的经脉，易碎却耿直。他轻轻将她往怀里移了几寸，吻上了她的嘴唇。

月明星稀的凉夜，严冬冷峭的风穿堂而过，吹得人脸颊生疼。叶素息将眼睛睁得大大的，只觉得唐莳彦的面容有些模糊，五官现出叠影，看起来整个人有种变形的不真实感。唐莳彦被她发亮的眼睛吓了一跳，只是稍稍碰了一下女孩的嘴唇，就抬起了头。

"你，怎么不闭眼睛？"

叶素息的眼睛里有少许的羞怯，她并没有回答，只是第一次分外听话地闭上了眼睛。唐莳彦被她的纯真打动，摸了摸她薄而红的嘴唇，没有再进行下去。

"你真的是个怪胎。好像什么都明白，又好像什么都不明白。叶素息，我该拿你怎么办好？"

最美好的情话是什么呢？是我爱你，别害怕，有我在，我愿意，还是，在一起？多年过去了，当年的小女孩蜕变成真正懂得取舍的女人。长久跋涉过后，明白了生离死别的意义。见过许许多多的男人，听他们说话，天南地北的聊天，也说心事，也动过真情，拥抱过彼此的身体，触摸过每一处隐秘的角落，听过的温暖词句成千上万，却唯独这一句最动听。

"叶素息，我该拿你怎么办好？"

那是对纯真的动容，真心的疼惜和守护，不夹杂旁物，和欲望与占有没有丝毫牵连。

"风越来越大了，我送你回去。"

唐莳彦扶着叶素息站起来出了操场向着宿舍走去。他们并没有再说什么，一路无言，只能听见彼此小心翼翼的呼吸声与错落的脚步声。叶素息没和唐莳彦道别，就快步走进了宿舍楼。午夜静得只能听见野猫的叫声，素息一口气爬上四楼，轻巧地开了门，蹑手蹑脚地走进去。她心里觉得有些好笑，她现在切切实实像个贼了。

"回来了？"

韶青楚的声音有些低沉，她坐在床上，低头看着冻得瑟瑟发抖的女孩轻手轻脚地开门。素息有些惊慌地望着韶青楚，只见她裹了裹被子下了床，领着素息到了阳台。韶青楚熟稔地从盒子里抽出一根香烟，用火柴点燃，深吸了几口，似乎是在想开场白。看到这里，素息决定先开口。

"我们出去见面了。"

"唐莳彦？"

"嗯。"

韶青楚转过脸，看了看身边的女孩。叶素息的脸庞和以往有些不同。素白的脸上有着红晕，漆黑的眼眸闪烁着某种激烈的欣喜。原来，眼前沉寂的女孩也有这样的一面，是活了过来的感觉。韶青楚这样判断着。像是原本无生命的植物被灌入了氧气，被某种程序激活了的病菌。

"素息，你想好了吗？要和他开始？那顾蔓菁怎么办？"

"他们好好的在一起就行了，我并没有要什么。"

韶青楚听到这里忽然发笑："久了就会想要了。想要他在你身边，想要和他堂而皇之地牵手逛街，想要见他的朋友，融入他的世界，想要他的眼睛只看你一个。素息，真的，久了就会想要了，还会要得很多很多。"

"就像肖鹏对你？"

"我们和你们不一样。素息，你要知道自己在做什么和必须独自承担的后果。你要知道，久了，就会想要了，还会要得很多很多。"

久了，就会想要了，还会要得很多很多。韶青楚这样告诉叶素息，叶素息起初并不明白这句话的真正含义。

Chapter 4

它让你从平凡的生活中变得与众不同

# 1

　　叶莎打算拍摄一个关于黄梅戏的纪录片，她找到了叶素息，希望她可以加入。拍摄地点在安徽的安庆，素息知道，那是黄梅戏的发祥地。摄制组总共有 8 名成员，担当摄像的唐莳彦、骆胤；作为编导的叶莎和叶素息；作为出镜记者的顾蔓菁；以及 2 名灯光师和 1 名助理。

　　出发的时间定在清晨，天微亮，暮色里小鸟叫得很欢乐，不过太阳还未升起，云层里依稀的月轮隐约可见，挂在玉兰树瘦骨嶙峋的枝干上，有种古怪的清闲。大巴车已经停在了校门口，叶素息的东西不多，只有几件换洗的衣服和一台携带轻便的笔记本。她是来得最早的。司机师傅是一年前载他们来学校的校车师傅，微胖的身子没有什么变化，板寸头长了一些，因为起得太早，似乎还有起床气，睡眼惺忪里带着几分愠怒。素息和他打了个招呼，将东西放进车里。看见来的是一个面目清爽的女孩子，师傅稍稍收了脾气，站起来替素息放好包和电脑。素息很温顺地道谢，走下面包车。雾霭里渐渐响起错乱的脚步声，唐莳彦背着登山包，双手提着摄影器材与顾蔓菁并肩走过来。顾蔓菁先看到叶素息，热情地挥手。

　　"早上好，小息。"

　　"早。"素息和两人打着招呼，走过去，试图接过唐莳彦背上的摄像机。

　　"小姑娘怎么拿得动。"唐莳彦断然拒绝。

叶素息微微一笑，也不反驳，只是坚持从他肩膀上卸下摄像机，轻而易举地拎在手里。

　　"小息，你的力气还真大。"顾蔓菁的语气里尽是惊诧。

　　叶素息冲着顾蔓菁微笑，和他们并肩朝大巴走去："我就当你说的这话是夸奖了。"

　　身边的两人对视继而一同发笑，有相处多年的默契，叶素息看在眼里，心里止不住一黯。

　　身后响起奔跑的脚步，步伐浑厚，节奏清晰，有满满的雄心壮志。素息不用转身，就知道是骆胤。来人很快跑到了他们身边，不由分说地抢过素息手里的摄像机拎在身上。


　　骆胤朝素息憨厚地笑，然后才转过头去和唐莳彦、顾蔓菁打招呼。骆胤的身材比唐莳彦要壮一些，个子一般高，利落的板寸，坚挺的鼻子与厚实的嘴唇，眼睛小而有神，作风正直不阿缺少变通，是个极其健康的男孩子。素息虽然和骆胤同班，平时却很少交流。不过，叶莎选中他做这个片子的摄像，素息是料到了的。如果唐莳彦的摄影技术来自他独到的眼光与生俱来的天分，那么骆胤极好的基本功则来自他对这一行狂热的热爱与素日刻苦的练习。

　　叶莎到了之后，素息将资料派发到大家手上。资料上是她整理的安庆城市概况，黄梅戏概况以及要采访的几位重要人物的简介。汽车发动，众人在狂暴的引擎里，低头看资料。骆胤坐在素息旁边，整个人蜷缩在一起，小心翼翼地翻看着，为素息让出了十分宽敞的空间。


　　素息看着一旁坐姿别扭的男孩，开口说："你不挤吗？"

"啊，不挤呀，我不挤，你挤吗？"骆胤放下资料，有些语无伦次。

骆胤反常的情绪让素息惊讶，她定睛看了看身边涨红脸的男孩，第一次体会到他对自己的情愫。叶素息有些慌乱地环顾四周：她发现不远处的顾蔓菁正强忍着笑意，站在中间的叶莎眼里满是探究的神色，而唐蒔彦呢，他紧闭着双唇，双目直视前方，故作坦然的表情让她很不自在。于是叶素息捧着资料，坚持从座位上走出来。


"我觉得还是有点挤，这里给你坐吧。"

叶素息的拒绝显得极其生硬，这么直接的拒绝显然给了骆胤深深的挫败感。他颓然尴尬地低头看资料，不再试图搭讪。这使得大巴里的气氛一下子就冷了下来。叶素息有些愧疚，她原本应该更加平易近人一些，可是却不知为何，硬是要在他们面前，与骆胤划出如此分明的界限。或许她是不想被大家误会，或许又只是不想让唐蒔彦误会，谁知道呢。


大巴车在高速公路上，一路飞奔，两侧并没什么值得观赏的景致，暖气吹得人微醺，叶素息将视线从窗外收回，发现大家都已经进入梦乡。顾蔓菁的头靠在唐蒔彦的肩膀上，头发散落两颊，右手挽着身边之人的胳膊，侧脸在阳光里泛着光，嘴角微微上扬，呼吸稳定，睡得像个孩子。

"睡得真香。"

叶素息刻意不去看同样在沉睡中的唐蒔彦，将目光收回来，却恰巧与叶莎撞个满怀。叶莎的眼神在素息与唐蒔彦身上来回打量。叶素息没由来一阵心虚，不由低下眼睑，只觉得阳光刺眼，晒得人浑身灼热。

## 2

5个小时的车程，中午 11 点，他们一行人抵达了安庆。

安庆是除了合肥之外，安徽比较繁华的城市。街道拥挤，人潮涌动，有些杂乱，却透着难得的市井滋味。急待修整的建筑，坑洼不平的马路，争相叫卖的小贩，卖着香气扑鼻的糍粑和茶叶蛋。一口软软的普通话，听不到卷舌音，和坞瑶的语调有些类似，给素息莫名的亲切感。

叶莎一行人首先入住旅店，她与顾蔓菁一间，唐莳彦与骆胤一间，灯光师 2 人一间，助理与司机师傅一间，叶莎一人一间。随便吃了一点中饭后，众人便直奔了此次拍摄任务的第一站，安庆戏曲学院。

穿过安庆有名的小吃街，尽头就是戏曲学院。

安庆戏曲学院是一座颇具历史的艺术院校，从民国时期就已经建立，到如今，已有近百年的历史。当时来学戏的孩子，都来自穷苦人家。生活困顿，人自卑贱，可以养家糊口的绝活那么少，做个戏子竟也成了不错的选择。而如今呢，学戏已经是种风雅了。尤其是老少咸宜的黄梅戏，曲调轻快，故事简洁，词也浅显易懂。

戏曲学院的门楣很不显眼，破旧窄小的校门，挂着白底黑字的长条形牌匾，牌匾多年没有更换，原本的檀木已经被虫蚁蚕食，手轻轻往上一摸，就掉下黑灰色的木屑来。叶素息他们一行人从狭小的校门走进去，接待的人还没有出现。两侧的梧桐很大，粗壮的枝干上正萌发出新芽。鲜妍的红色条幅，每走两步就能看见一幅，那都是孩子们获得各类比赛嘉奖的恭贺信息。全省的，全国的，少儿的，成人的，小梅花，小百花，一个不落。看来它的成就远比它呈现给人的感官要大得多。

清脆的口令，从梧桐树后面的教室传来。铁制护栏的窗户上没有装玻璃，站在窗户边往里面看去，可以看见一个足有百平米的教室。水泥地板上铺着薄薄的红毯，四面的墙面装着镜子。镜子前站立着十几个稚童，身边是拿着铁尺喊着口令的老师。孩子们伴随着抑扬顿挫的口令，埋首练习着台步。这些孩子里，最大的有十三四岁，最小的看着只有四五岁的模样。那个年纪最小的女孩，走在最后面，小小的脚丫子，还赶不上旁人的步伐。素息觉得她似乎连路都还走不稳，却依旧憋着气，学着大人的身段，安静地练习。

来迎接他们的是学校的老校长，章思明。这是个已经年近八旬的老者，在这所学校里任教了将近40年。即使现在退了下来，依旧是这里的常客。他的面容洁净，看不到一点胡楂儿，比同龄的老人看着要年轻一些，这应该是素日保养的成果。花白的头发被整齐地梳在了耳后，眼神没有一般老者的混浊之气，透着伶俐的清亮。一身青色长袍外罩一件棕色毛衣，在依旧冷峭的初春里这样的装束显得单薄。一双布鞋，走路轻巧，虽然年事已高，却依旧腰板耿直，看着极具气节。章老先生唱了60年，师从戏曲大师王少舫。从原本的草台班子一路唱到名角名团，演过的戏不下百部。一个董永，演得痴憨，深情，叫人过眼难忘。

老爷子的声音很悦耳，轻飘飘的，将从前的辉煌，娓娓道来，不带半分傲慢。这是名角的造诣，也是暮年老者天然的智慧与气度。档案室里拿来的资料，一摞摞多得数不胜数，旧照片发着白，泛着老时光特有的霉味，柔软的旧日报纸，排版规整，印刷清晰，原本柔软的纸张经过时间的磨损越发没了筋骨，似乎一捏就碎。老爷子一张一张小心翼翼地翻阅着，那细细的灰扬在空气里，仿佛旧日时光伸手可及：早年走街串巷的卖艺生涯，师傅苛刻严厉不带任何情分的言传身教，第一次登台的紧张忐忑，家人躲避厌恶却矛盾的眼神，功成名就的喜悦与突如其来的那些莫须有的责任感，接手这间戏曲院校的初衷，几度倒闭的困难……

　　"先生，您，喜欢唱戏吗？"在采访接近尾声的时候，叶素息问了一个她也觉得十分多余的问题。

　　老人望着素息的眼神，有些疑惑，随即却笑了：

　　"小姑娘，我接受了很多的采访，这个问题却从没有人问过我。喜不喜欢？唱了一辈子的戏，站了一辈子的台，也做了一辈子的别人。唱戏，好像已经变成了生活里的一部分，它就像是，就像是什么呢？"老爷子思索片刻，喝了一口手边的茶，指着茶杯接着说，"就像是我们要活着，必须吃饭喝水一样。你喜欢米饭吗？它寡淡甚至是枯燥和千篇一律，可是你对它从不会心生厌倦。可能唱戏，对我来说，就是吃饭和喝水，是活着的必需品。学戏，可能是生活所迫，登台也是逼不得已，渐渐地，你发现，你除了它一无所长。你厌过它，怨过它，也恨过它。可是，时间久了，你会适应，你会习惯，你会和它密不可分。姑娘，这就是生活。有的时候，你得无奈地接受，可是，有的时候，它也会给你意外的惊喜。"

　　"妈妈，我为什么要学舞蹈呢？"

"不为什么。因为，妈妈知道，你会喜欢。"

正是初夏，章思琪穿着一件蓝色格子连衣裙，黑色的头发盘成发髻，戴着一项白色圆边草帽，粉色蝴蝶结的绸带迎风轻轻飘着，母亲白皙的肌肤在艳阳里发着光。叶素息的小手被母亲柔软的手握着，在母亲的带领下，小步向着少年宫走去。今天她穿得也很好看。她穿着母亲昨日为自己新缝制的翠绿色套裙，袖口的小蝴蝶结和母亲草帽上的如出一辙，看着崭新又有朝气。

坞瑶的少年宫是坞瑶难得的好建筑，富丽堂皇地坐落在小镇公园旁，有着密密麻麻的石阶和高耸的门头。母亲带着素息穿过高挑空旷的大堂。素息记得那天的天气很好，灿烂的阳光从大堂的落地窗外投射进来，走廊的尽头响着清脆的口令，母亲带着她向着尽头的门厅走去，那清脆的口令由远及近，渐渐清晰。母亲站在紧闭的玻璃门前整理了一下衣裙，素息可以看见屋子里晃动的人影。母亲敲了敲门，然后迅速拉着叶素息退后了小半步。开门的是一位女士。年纪似乎比母亲大一些。她绑着马尾，穿着黑色的练功衣，身材姣好十分修长，那富有力量感的双腿和手臂同瘦削是两码事。母亲毫无征兆地将素息一把推了进去，素息不由脚下踉跄，险些摔跤。教室里发出孩子们欢乐的笑声，在笑声的围绕里，素息显得更窘迫了。她慌忙地站定，双手本能地缠绕在一起。

"不好意思，今年的名额已经招满了，你们还是回去吧。"

"老师，她很喜欢跳舞，而且肯定是块好材料。"

"可是，我们真的不能再收了。小朋友，明年再来报名，好不好？"

母亲的脸上有焦急的神色，那是叶素息从没见过的。她的印象里，母亲总是优雅矜持。可是眼前的母亲，却一次再一次恳求着身边的女人，全然不似平时的骄傲。后来，母亲这样焦灼的神色，就成为了套在孙悟空头上的紧箍。只要它们一出现在母亲那高贵的脸颊上，哪怕是几秒钟，素息都会头疼欲裂，心底发麻。她害怕、焦虑，甚至觉得自己很羞耻，她让她如此高贵的母亲在众人面前抬不起头来。为了摆脱这样的羞耻，为了成为可以让母亲骄傲的孩子，叶素息几乎拼尽全力。

于是，她在众人好奇的围观里，唐突地独自跳起舞来。她自顾自地喊着响亮的节拍，自顾自地跳着，直到嘈杂的人群最终无法漠视她为止。朱清最终收下了叶素息，其实当年在她的眼里，素息天资平平，在一色的孩子里，并不出挑。她却依旧收了素息，或许是看中了她不愿让母亲失望的企图心。有这样的企图心，是件好事。是的，这个有着强烈企图心的孩子也的确没有叫她失望过。她总是最早来最晚走。记不住的动作会咬着牙一遍遍重复训练。让她站在哪个位置跳舞她都不会有情绪。一场演出长达四小时，12 个的舞蹈节目里，她被安排上场 8 个却都站在最旁边的位置，幕布稍稍拉得少一些，场下观众就看不见她。可是她依旧十分卖力地跳着，将动作做到尽可能到位并时刻保持笑容。

很多时候，朱清都会诧异，诧异于这个孩子的早熟。叶素息似乎从来不懂得任性和撒娇，即使这两个技能能给她带来许多奖赏。这样训练了三年之后，朱清才正式让叶素息成为了固定的领舞。她并不想去深究叶素息对于舞蹈究竟怀抱着怎样的感情，是真心的喜欢还是只是讨好母亲的工具。无论是这当中的哪一点，只要可以带给她坚持的动力，就都是件好事。如果没有后来的意外，朱清甚至觉得她可以训练出一个出色的舞蹈家。

是啊，舞蹈，对她叶素息而言，从小到大究竟扮演的是个什么角色呢？是心之所爱？是取悦母亲的资本？还是和章校长一样，是像吃饭喝水似的存在？现在外面在下雨，噼里啪啦，十分响亮。清明时节的雨水，一直很绵长也来得没有征兆。腰部的旧疾在这样的潮湿阴冷里，比往常发作得要更加厉害一些。的确，下坠的快感容易遗忘，快感残存下来的痛苦却由不得你说忘就忘。

## 3

叶莎订的宾馆带着几分农家风味，从房间出来，迎面就是一个宽敞的庭院，月季、秋菊、粉玫瑰，配着大片大片的翠绿的芭蕉。春雨绵绵，打在垂坠的芭蕉叶上，顺着叶脉滑到鹅卵石铺道的小径上，将它们洗得洁净光滑。叶素息从门边寻来一张小板凳坐在了屋檐边，看了会儿雨，随即蜷起身子。


"嫌屋里不够凉快，要跑到院子里来乘凉？"

唐莳彦不知什么时候走到了叶素息的身边，他是刚来还是已经站在某处看了她一阵子，叶素息不得而知。

"不舒服？"

"腰疼。"

唐莳彦瞪了瞪眼睛，似乎有些不可置信："你这都是什么毛病，年纪轻轻的。"

"小时候练舞伤着了，不是什么大毛病，一会儿就好了。"

"明白了，所以，你才哭的。"

"什么？"

"今天中午，看见那些练功的孩子们的时候。我看见了。"

"你又知道我是因为这个？"

"嗯，我就是知道。"

叶素息有时候觉得，唐莳彦乐观底下的敏锐，会让她没什么安全感。可是，她又并不反感这样的"被看穿"。

"没看见的时候，并不觉得那是件多么了不起的事。仔细想想却发现什么都不听什么都不想，只是专心致志地做一件事情，是很幸福的。落泪是因为想到，原来我也有这么幸福的时候啊！"

蓝色的白炽灯泡在冷雨里忽隐忽灭，让素息的侧脸有种神秘却哀伤的美感。唐莳彦看着她的侧脸，觉得这么哀伤的表情和她素日里的不卑不亢截然不同。这是清冷里难得的颜色。

"是什么时候弄伤的？"

"一直跳了十几年，我是那些孩子里，最终坚持下来的几个人之一。高二吧，在准备考专业院校的时候，不小心从台子上摔下来，扭伤了腰。是粉碎性的，恢复以后，也就不能再跳了。"

你体会过从高空坠落的那种失重的快感吗？身体失衡，整个人轻得没有重量，心脏浮到了喉咙。你仿佛生出了洁白的翅膀，你存在着片刻的幻想，幻想着你能超越自然，成为自己身体的主宰。从舞台上掉下来的时候，叶素息就有这样短暂的快感。当然，这样的快感极短，你还没有仔细品味，就必须承受比快感多出百倍的痛苦。你沉重地跌落，就像折断羽翼的小鸟，而等待你的只有冰冷坚硬的地面。你柔软的身躯和它结实相撞。起初感受不到疼痛，激烈的撞击使你的半个身子几乎麻痹。过了好几分钟，你才得以意识清醒，然后疼痛就像击打着岩石的海浪，层层滚来，让你浑身激灵，失去描述的能力。

可是，究竟是有多疼呢？比起母亲听见医生说她再也不能跳舞的时候那难以掩饰的失望透顶的神色，疼痛又究竟有多疼呢？叶素息用了近乎十五年的时间来成为与章思琪同样高贵的人，却在重要关头被打回原形。紧箍咒嗖地一下缩紧，疼得孙悟空眼冒金星。


唐莳彦听着叶素息不咸不淡的话语，就像在说从邻居那听来的对街的故事。他的目光不由顺着身旁女孩的脊背一直往下滑到她的腰际：叶素息有很美的腰线，像青瓷花瓶的瓶颈，修长纤细却比瓷器柔软百倍。他可以想象她舞动腰身时那曼妙的姿态。原来，她可以是在舞台上发光发热的那个人。可现在，却只能坐在灰暗的路灯下，像个蝼蚁一样，缩紧躯干。

叶素息感觉到了唐莳彦眼神里的怜悯。是的，他怜悯地看着她，那目光充满同情，仿佛她是路边一只无人领养的流浪狗。叶素息对他这样没由来的无端同情感到愤怒，她觉得她不需要。她不需要任何人的怜悯，尤其是他的。于是，她猛地站起来。


"大半夜的还叫我出来吃宵夜，也不怕胖。"

骆胤洪亮的声音，从身后传来，吓了起身准备离开的叶素息一跳。只见他大步地走过来，拉起坐在椅子上尚未反应过来的女孩不由分说地往外走。叶素息心下诧异，想着这样突兀的行为并不像是骆胤会做的。正要开口询问，却瞥见了拐角处站着的顾蔓菁。叶素息忽然猛地低下头，一阵心慌，只得任由骆胤带着，走出了旅店。

旅店的外面依旧下着细雨，半夜狭长的二线城市街道上荒无人烟。没有行人、没有车辆，甚至看不见一只野猫。只有几步一盏的路灯闪着昏黄的光。叶素息被骆胤拉着手沉默地走了好长一段夜路，似乎离旅店越来越远了，于是将手抽了出来。

"谢谢。"

"为什么说谢谢？"骆胤的语气有些生硬，似乎有气，"如果你们俩没什么，那又何必谢我？"

叶素息抬头看了眼身边气喘吁吁的男孩，他低垂着头，躲避着她的目光，那样的躲避就像当初他们躲避夏君兰一样，她意识到她让他觉得羞耻。叶素息心里只觉得荒唐。她觉得骆胤是个毫不相干的人，他凭什么也来指责她，凭什么觉得她可耻？韶青楚是这样，叶莎是这样，还有刚刚顾蔓菁清冷的眼神，现在又轮到这个叫作骆胤的陌生人了。他们凭什么来判定什么是对什么是错？他们又怎么知道她究竟是怎样想的？

"骆胤，我是我，你是你。我们是同学，也只是同学。至于我和他是什么关系，你没有资格判断，也没有权利评定。"

叶素息说话从来不留余地，像把钢刀，坚硬冷凉，叫人心寒。骆胤显是被伤害到了自尊与感情，他稍稍后退了几步，似乎是想看清眼前这个女孩在阴影里的面容。叶素息听得见他喉咙深处发出细弱的干咳。骆胤就这么站在素息跟前，和她对峙良久，似乎是在品茗她刚刚尖利的话语，接着他自嘲般地笑了笑，转身离开。这回，他们是连朋友都做不成了。看着骆胤大步前行的背影，素息想，这清明时节里，果真下了一场好雨呀。让她在顾蔓菁面前变得有些卑劣，也让她扎扎实实伤了一个男孩质朴的真心。

4

拍摄有条不紊地进行着，他们所有人都配合得很默契，似乎并没有什么嫌隙。清明的雨水昼夜不停地下着，叶素息觉得整个人都被潮湿的空气浸泡得软绵绵的，人也变得十分懒惰，不愿意说话，只是低头做事。等到天晴，已经是半月后的事。

叶莎希望趁着天气晴朗，尽量多拍摄一些安庆的城市空镜，于是他们开始奔波于安庆几个极具辨识度的标志性建筑之间，尽量将它们的特色在镜头里得以展现。田海山是安庆视野最好的森林公园，在山顶可以俯瞰到整座安庆市，完成常规拍摄任务之后，时间尚有富余，他们决定赶天光，去田海山山顶碰碰运气，说不定能抓拍到落日下的安庆风光。

经过了雨水半月的洗刷，田海山的人工游步道几乎成了小河，山泉从上至下汩汩地流着。两侧松针茂盛，挂着雨珠，即使已经停了，却依旧不住地往下淌水。石板路上的青苔长得出奇茁壮。大家沉默着一路无言，不敢有丝毫怠慢，原本只要花上一小时就能到的地方竟然用了三小时。

从田海山顶望出去，安庆城区几乎狭小如豆，在雾霭里忽隐忽现，夕阳掩在厚实的帘幕后面，看得并不真切。城市如此遥远，感受不到温度，却依旧可以看见渐渐亮起的霓虹，仿佛闪动的萤火。唐荺彦和骆胤各自安排好机位，抓紧时间寻找角度。顾蔓菁则选了个舒适的位子，拿出稿子记着出镜时的台词。叶莎和叶素息肩并肩站着。

"我一直很爱爬山，站在高处，可以看见不一样的风景。"叶莎望着一点点亮起来的安庆城区，语气里的踌躇满志叫人艳羡。

叶莎在素息的眼里，一直很美。眼神明亮，脸颊清瘦，棱角分明，一头短发，干净利落，却并不显得男孩子气。素息觉得叶莎像个矛盾的结合体，有利索的男子气概却又同时拥有妖娆妩媚的成熟女人风范。她对叶莎是有些畏惧的。叶莎快人快语的行事作风以及洞悉世事的敏锐都让素息有些害怕。素息觉得叶莎活得十分坦荡洒脱，这样的刚正不阿正是她缺少的。

"素息。"

"嗯？"

"看什么呢？"

"我在看你。"

叶莎微微一笑："这么说，你不怕我了？"

一下子被说中心事，叶素息不由一愣。

"他跟我说，你有些怕我。"叶莎指了指远处低头拍摄的唐莳彦。

叶素息顺着叶莎手指的方向看过去，觉得唐莳彦看取景器的样子有些迷人，不由低语："他又知道。"

你怎么判断你喜欢上一个人？这样的判断，有时候很难，有时候也很容易。你看着他的时候，目光温柔，没有防备，似乎被某种光晕渲染，变得善良容易亲近。你不自觉地显露出这样的表情。那么，你可能陷入了对某个人的迷思。叶莎觉得曾几何时，她也有过这样的表情，似乎和全世界都极为要好。为了某个人，和全世界都有了和解。

下山途中，再度下雨。豆大的雨水直落落地往下砸，因为雨势过猛，纵使走在茂密的树林间，依旧起不了什么阻挡作用。雨顺着他们所穿的雨衣淌下来，一点点灌进裤腿鞋袜，砸在头顶有轻微的疼痛感。叶素息扛着摄影机，大步走在前头，比所有人都快了几分。骆胤紧紧跟在后头，后面依次是顾蔓菁、叶莎和唐莳彦。

雨越下越大。叶素息只觉得雨水被风带着一直往自己的脸上刮，哗啦啦的雨声大得惊人，已经无法听到身后众人的脚步。她忽然有种错觉，觉得似乎只有她一个人在赶路。为什么是她一个人呢？明明刚才外婆还在身边。四周静得可怕。外婆矫健的身影已经消失在前方。叶素息发觉她的心脏跳得快极了。她有些害怕，于是拼尽全力地走着，想要追赶上前面的老者，却只看到空落落的山包和没有尽头的泥泞山路。

"叶素息，你慢一点，叶素息，听见没有？"

骆胤走在叶素息的后面，几乎是在小跑。可是叶素息走得快极了，似乎根本听不见他的呼唤。他觉得她似乎是在追赶什么东西，她的身子僵直地向前倾着，脚步紧凑，肩膀起伏得很厉害，似乎随时都要跌倒了，骆胤大惊，猛地跑了几步，用力抓住了来人的胳膊。眼前的女孩早已脸色煞白，脚上蓝色帆布鞋的鞋带散在了地上。骆胤将摄像机往身后背了背，不假思索地蹲了下来。

骆胤的动作让叶素息完全清醒了过来，她有些僵直地呆立在那里，看着他将她的鞋带逐一系好。即使过去了很多年，叶素息一直无法对骆胤的存在下一个定义。他是她的谁呢？是她的伙伴？知己？男友？

抑或是，她逃无所逃的迦南地？时间一点点地过去，很多人很多事都已经记不真切，可是那天骆胤为她蹲下身系鞋带的模样，却一直没有被她忘记。不管后来他们有过多少对彼此的怨恨和伤害，记忆里过滤下来的，依旧是最初对对方那份放下身段的关怀。这是一个男孩对一个女孩最赤裸也最羞涩的表白。

"好了。"

绑好鞋带的骆胤站起来，冲着叶素息笑，雨水顺着他的帽檐淌到他的脸上，他也只是不觉。素息觉得骆胤的眼神，似乎和平时不一样了，它变得热烈又大胆。她被他看得有些窘迫，脸颊竟然不自觉地发烫。远远的，掉队的三个人也赶了上来。叶素息用余光瞥见了拐弯处的唐莳彦。于是她飞快地转过身，忘了和骆胤道谢，朝山下走去。这一回，她倒真想把他们几个都远远地甩在身后，甩得越远越好。

5

安庆的拍摄，在那天之后，终于告一段落。他们走访了许多学戏的学生，查了学校所有的古籍和乐谱，录制了 40 盒带子。离开前的最后一顿饭，他们去了安庆最富盛名的饭店，梨园春色。

梨园春色每次进来吃饭的人是有限的，大家可以边吃饭边看戏，来唱戏的都是戏曲学校的孩子，手眼身法步俱佳，还有叫人耳目一新的自创新戏。这是个练习的好去处，对嗓子、功力以及心气都是极好的锻炼。饭店坐落在安庆市政府的旁边，大气磅礴的门楣正上方，是用楷体烫金手法雕刻的匾额，"梨园春色"四个字，龙飞凤舞，十分气派。穿过长长的走廊，屏风后面就是戏台子，总共三层，每层摆着几张圆桌，每桌四座，不多不少。大家定点来，戏按时开场，菜早就备下了。泡来的茶也是上好的太平猴魁，安徽最拿得出手的贡茶。长而葱翠，味道清淡。叶素息捧着茶杯取暖，低头看着猴魁在紫砂杯里被滚烫的热水一点点吞没。葱翠色的肢体瞬间蜷缩成团，继而逐步伸展开枝桠，根根挺立，竖在白瓷杯壁两侧，骨气十足。她一边喝着茶，一边等着戏开场。

"女儿，生日快乐。"手机里传来父亲简短的信息。

将近一个月昼夜不分的拍摄，让她忘了日子，看着父亲的简讯，叶素息才想起自己的生日来。她刚要回信息，灯却暗了。骆胤捧着蛋糕从后台走出来。叶素息有些惊慌和局促，本能地向后蜷缩，叶莎却拉着她站了起来。

"生日快乐，叶素息，这是我送你的礼物。"叶莎从包里拿出一个小型三脚架，"你很有天分，不要放弃影像。"

"这是我和蒔彦给你选的。"顾蔓菁也将一个购物袋塞进素息怀里。这是一件长裙，墨绿色的百褶款，袖口有极小的蝴蝶结，像极了母亲亲手为自己赶制的那件衣裙。

骆胤见大家都送了礼物，似乎也有些着急，他慌忙放下蛋糕，从口袋里拿出一个长条型礼盒递给叶素息，里头是一个护腰。

"叶素息，我喜欢你，做我女朋友好吗？"

这是个叫人无法拒绝的氛围，所有的情绪都向着浪漫完美的方向发展，每一双眼睛里透露出的皆是对爱情的期许和鼓励。叶素息知道，她唯有应允，才可满足人们对于这场告白的预期。这样的气氛是带着某种魔幻色彩的。它让你产生错觉。让你丧失对于自我的判断，它让你从平凡生活里被割裂出来，自以为与众不同，自以为不可取代，自以为可以超越生活本身，变成某个人永远的光和亮，不从属于时间。

章老先生在他们结束拍摄任务准备回南京的时候，赶来旅店送了叶素息一双白色练功鞋。在回程的大巴上，她脱掉鞋袜穿上了它们，正好合脚。这是时隔三年来，叶素息再次穿起它，浑身上下有种通电了的感觉，似乎有什么东西从脚底一下子溢到了胸口。一旁的骆胤也感受到了她有些激动的情绪，他轻轻握住身边女孩有些颤抖的手。叶素息只觉得骆胤干燥温暖的手传递出某种笃定的力道。于是，女孩顺从地靠在了男孩的肩头。

很多时候

恰如其分的爱情是种奇遇

这个世界上的大部分人

都没有遇见过

Chapter 5　念念不忘的恨，
　　　　　　你有过吗?

# 1

　　叶素息回到学校已经接近凌晨。宿舍楼里灯火寂灭，青楚和喜宝想必也早就睡了。她背着行囊，摸索着上了四楼，轻手轻脚地开了房门。屋子里的窗帘并没有拉上，皎洁的月色投射进来。素息注意到青楚的床上，被子整洁，看着像是多日没人来住过了。喜宝倒是睡得十分安稳，鼾声轻轻地响着，并没有被素息吵醒。

　　次日清晨，素息被喜宝剧烈的摇晃惊醒，喜宝近半月未见到素息，自然是十分欢喜。她全然不顾素息酸臭的味道，将她整个人揽在怀里。

　　"素息，你终于回来啦，我想死你了。"

　　"你有徐永泽了，还会想我？"

　　宋喜宝不由瞪了叶素息一眼，猛地推了她一把，险些将她推倒。叶素息笑着从床上起来，发现韶青楚的床位依旧空着，"她人呢？"

　　"你出门拍片多久，她就多久没有着家过。我看她和肖鹏分开肯定是个错误。这一个月她每天回来的都很晚，有的时候甚至不回来。打电话也不接，短信也不回，每天都喝得烂醉，送她回来的男人每一次都不一样。"

　　"定然不是因为肖鹏。"

　　素息心里这样判断着。韶青楚是她们三个里对感情最成熟和理智的一个。肖鹏在她心里的位子，还不至于重要到失去后需要用夜夜笙歌来填补。叶素息拿出手机，拨通了韶青楚的电话，响了几个回合后，终于有了应答。接电话的是个男人，听声音已经醉得不轻。素息耐着性子问了他们所在的地址，拉起喜宝赶了出去。

 

雷迪森的门面十分辉煌，像座宫殿。叶素息和宋喜宝坐上电梯上了20层，敲开了2021的房门。开门的是个将近四十岁的男人，衣冠不整，有些微秃。他看见门口站着的女孩们一副学生模样，起初有些惊诧，想了片刻，才露出了微笑，叶素息看见对面男人嘴里的一口蜡黄的牙，参差不齐，直教人泛恶心，不由皱了皱眉。男人这才很识趣地让开道，声音倒很温和：

"你们来接她？她还没醒，我想让她多睡一会儿。"

屋子里很黑，厚重的窗帘挡住了外头的天光。空气里有浑浊的酒气混杂着精液的腥气，这让舟车劳顿尚未休息的叶素息觉得自己真的要吐了。她努力吞了几口唾沫，走到床边，拉开了窗帘，屋子里一下子亮了起来。脚边是喝了一半的红酒，韶青楚的衣裤散落一地，高跟鞋早被踢得没了踪影。床上赤裸着的女孩，脸色潮红，白色的被单胡乱地裹着，一双洁白的大腿露在外头，上面有明显的乌青，显然是被人大力捏掐所致。叶素息不由狠狠瞪了站在远处的男人一眼。那男人有些不好意思，挠挠本就不多的头发，向后缩了缩，解释着：

"昨天我们都喝多了。"

 

叶素息摆了摆手，迅速打断了男人的辩解，她要尽快让这个人从她们的眼前消失："房间的钱我们来付，你走吧。"

男人似乎正等着素息的话，素息话音刚落，他便以极快的速度穿好衣裤，头也不回地出了房门。叶素息见男人走了，就让宋喜宝关上了门。

"青楚，青楚，你醒醒！韶青楚！醒醒！"

叶素息十分用力地拍打着青楚的脸颊，几乎是在掌掴。昏睡中的韶青楚显然感受到了疼痛，轻哼几声，一点点睁开眼睛。

"这是在哪儿？我在做什么？"逐渐清醒的韶青楚只觉得头疼欲裂，浑身上下像是被拆了骨又重新组装上一般酸痛难忍，嘴巴很干，想开口说话却说不出一个字，它们通通哽在喉咙里。意识是模糊的，像得了失忆症。她花了好长一段时间，才勉强认出了眼前的两个人。

"你们来了？"

韶青楚有气无力地打着招呼。叶素息看着眼前憔悴的女孩，心里微酸，她伸手拨了拨挡在青楚眼前的刘海儿。动作很轻，却让躺着的女孩忽然掉下了眼泪。起初是轻微的，继而是号啕的，不加任何节制的。哭了足足十分钟，韶青楚像是哭累了，坐起来，从一直端着水杯的宋喜宝手里接过水仰头一口喝下。

喝完了水，韶青楚才发现了自己浑身上下的乌青，不由骂道：

"该死的。我连长相都没看见。"

"是个丑八怪，还是个秃子，你都不挑的吗？"宋喜宝没好气地回嘴。

"你妈妈没跟你说，挑食的宝宝都不是好孩子呀？"韶青楚冲着显然受到惊吓的宋喜宝做了个鬼脸，噌一下从床上站了起来。

这个时候，叶素息就不得不佩服韶青楚了。她钦佩青楚的善良。明明自己也十分错愕和低落，却依旧照顾着受了惊吓的宋喜宝的心情。

她扪心自问，这是她永远做不到的。她没有青楚这么善良，会试图压抑自身的需要而去保全他人。就这一点而言，青楚就比她们任何人都值得拥有幸福。

"来，去洗个澡，一身的酒味，我给你带了换洗的衣服，收拾好了，我们去吃顿好的。"叶素息将干净的衣服塞到韶青楚怀里，韶青楚的眼里闪过感激，裹着被单进了浴室。

早晨的南京很安静，发白的雾气厚重地笼罩在城市上空。远处车辆的尾灯透过雾霭明明灭灭。行人不多，背着包站在十字路口，各自为阵。男人面目模糊，女人衣着鲜艳。车辆驶过地面，带来阵阵的晃动，像是场轻微而短暂的地震。她们三个人走进一家算是很早就营业的早餐店。店里位子不多，也不够宽敞，装修却简单明朗。木质的桌椅，蓝白相间的墙壁，连上来的餐具都是蓝白色系的。她们选了靠近窗户的位子坐下。叶素息依照三个人的口味，点了两份豆花，一份小米粥，两笼南京特有的小笼汤包，还有一份糯米枣。

"没什么想要说的吗？"叶素息问道。

韶青楚笑着摇了摇头，筷子只是无意识地来回摆弄着糯米枣，却不说话。

"喜宝说这半个月，你一直都这样是因为和肖鹏分手的关系。"素息说到这里韶青楚却噗一声笑出了声，于是接着问，"我看不像，他没那么重要，对不对？"

韶青楚摆弄糯米枣的筷子终于停了。

"谢廉，是因为他吧。是因为那个谢廉吧。"

三人饭局陷入短暂的沉默，韶青楚拣起一颗枣，嚼了一会儿，接着开了口：

"我一直在猜，猜他究竟喜欢怎样的女孩，什么样的女孩可以留在他身边。我曾经幻想过无数次，真的，不骗你们。我曾经无数次遥想着那个女孩的模样。她一定美得起雾，一定聪慧又温柔。他们俩肩并肩站在一起，就像画一样般配。我想，如果他恋爱了，我一点都不会嫉妒，我会替他高兴欢呼，向每一位神明祷告，祈求他幸福。可是，你们知道吗？这一天真的来了，却完全不是那么一回事。那个女孩真的美得起雾，他们站在一起真的很般配，般配得让我觉得自己是那么卑微。我一点都不想祝福他们，我那么嫉妒，那么恨，我甚至祈求每一位神明，决不能让他们幸福。我希望他们在大洋彼岸打得你死我活，伤得体无完肤。我竟然希望他们去死！"


你曾经恨过什么人吗？不是看不惯他，不喜欢他，他伤害了你的家人或是朋友，他是个恶棍，是个贱人，是个花花公子或者是个荡妇！这些都不是的。他（她）什么也没做错，他们只是不爱你。只是不爱你而已。可是，你就开始恨他了。你恨他怎么可以和你擦身而过却看不见你；你恨他为什么没有注意到你穿了一件墨绿色的新短裙；你恨他轻易地挂掉你的电话；你甚至恨他看了某个女人的脸庞；当然，你最恨的是他不选择和你在一起！可是其实他（她）什么也没有做。恨有的时候比爱还来得可怕。因为恨比爱更加痛苦，而痛苦从来比幸福更叫人难忘。念念不忘的恨，你有过吗？

## 2

南京的夏天是全国来得最早的。毒辣的骄阳从早到晚高悬着，没有云，没有雨，甚至没有风。学校并未在宿舍安装空调，一架极简的吊扇吊在头顶，终日嗡嗡作响消暑功效极微。叶素息她们对抗炎热的办法是冲凉，一天几乎要跑进厕所六七趟。大学四年最难熬的便是7月开始的酷热与蚊虫，这是他们所有人公认的。

7月1日，天气晴，最高气温达到33摄氏度，是入夏以来最热的一天。她们三个都没有出门。叶素息坐在位子上，所有的动作都是轻的，她试着尽量减少运动量，因为只要一动，她的汗就会从身体的每个毛孔里溢出来。"为什么风扇一点用都没有？"她走到门边查看了一下风扇的转速，确认是调在最高档之后，嘴里不由蹦出几个脏字，端着脸盆，大步朝洗手间走去。


"素息。"

"嗯？"

厕所的隔间里传来韶青楚微弱的声音，叶素息停下冲凉，打开隔间的门。韶青楚的脸有些发白，脱了裤子呆坐在马桶上。叶素息顺着她白嫩的臂膀看下去，目光停在了韶青楚用左手用力拽着的验孕试纸上。两条红线，耀眼突兀，看在她们俩眼里，像两道血痕。


一小时以后，杨柳开着他的小吉普到了宿舍楼下，叶素息三人上了吉普车。在征得了韶青楚同意后，叶素息对杨柳说出了实情。杨柳显得很平静，这是三个有些慌了手脚的年轻女孩所需要的。叶素息一直不喜欢医院，与其说是不喜欢，素息觉得甚至可以用厌恶来形容。无处不在的化学试剂，呛鼻的消毒水，人群的躁动，呓语的病人，冰冷的听诊器，还有病床上生离死别的恸哭，都让她害怕。无论你拥有怎样的体魄、手腕、地位、荣光，面对疾病的时候，通通无济于事。这是种强有力的无力感，这样的无力感，让人极其灰心，似乎所有努力都可以付之一炬。神明吹一口气，你便化烟化雾。抗争，太过孩子气。

市三医院的妇产科设在三楼，过了呼吸科、外科、皮肤科、内科，尽头拐角就是了。它很不起眼地在走廊的最里头，连外头的天光都照顾不到它，显得昏暗冷清，像停尸间。看诊的医生是个五十岁上下的女人，短发，戴着金丝框眼镜，嘴唇很薄，说话的时候嘴张得极小，那干瘪的声音像是从牙缝里挤出来的，听着极不悦耳。


"哪里不舒服？"

韶青楚有几秒短暂的迟疑，继而开口："好像怀孕了。"

那女人听到这里抬眼看了看韶青楚，依旧没有什么表情，叶素息站在韶青楚身边，一双手轻轻搭着她的肩。觉得对面这个中年女人的五官好像失去了牵制，整个软趴趴地瘫着，像是一盘冷掉的兰州拉面，黏稠冰凉，毫无生气。

"先去做个彩超。要快点，不然我们要下班的。"

做彩超的队伍很长，多是来定期检查的孕妇。她们由丈夫陪着，每一个肚子都大小不一，形状各异。虽然肚子里孩子的月份有所不同，可母亲们脸上的神色大抵都是类似的。她们不抹化妆品，苍白的脸上有难掩的倦容，眼睛却都在发亮。明明身体孱弱，目光却都异常坚强。素息觉得她们所有人都被某种光晕笼罩，能够孕育生命，看来是件十分值得骄傲和令人期待的伟大的事。而叶素息、韶青楚、宋喜宝三个人并肩站在这样的队伍里，显得有些突兀。


"来，把水喝了。"杨柳将矿泉水递给青楚，打破了她们三个人的局促。

青楚摆摆手："我不渴，谢谢。"

"要多喝水，彩超才照得清楚。"

"那，谢谢了。"

韶青楚感激地接过水，咕噜咕噜往肚子里灌。她们几个静静看着她将一瓶矿泉水喝光，没有人说话。

等了一个小时，终于轮到她们。彩超做得很快，拿X光片也很快。

"子宫后位，宫内见一孕囊。"

韶青楚拿着彩超片看了一眼，忽然笑了起来："哈，还真中招了。"她说得声音极大，甚至有些高亢，吓了宋喜宝一跳。

叶素息走过去，试图拉起青楚的手，却被她拒绝了。


韶青楚独自一人飞快地走在前面，手里的光片，被她紧紧拽着，已经变了型。她觉得手里的这张纸，似乎有千斤万斤重，重得她整个人往下沉。这是种惩罚吗？惩罚她有颗怨毒的心？惩罚她那些没来由的恨？惩罚她对大洋彼岸那对幸福的人的坏心眼？泪水十分不争气地滚出眼眶，她用力抹了抹，尽量不让后面的人看见。

“给。”

杨柳走得很快，赶在她身边，递过来一张面巾纸。

“谢谢。”

韶青楚迅速接过纸巾擦了擦泪水。感觉到左手被身边的男人握在了手里：“别害怕，这没什么。我陪你进去。”

韶青楚只觉得感激，学着杨柳镇定的模样，走了进去。那坐着的医生接过彩超片，觑了一眼，依旧没有抬头看跟前的人，波澜不惊的口吻跟适才的如出一辙：“要不要？”

“您说什么？”

“我问你，要不要？”对面的人显出不耐。

“不要。”

韶青楚回答得快极了，似乎像在躲避某个灾祸。女医生这时才抬起头看见站在她身边的杨柳，眼里有些诧异，随即垂下眼睑，拿过病例：“药流还是人流？”

见韶青楚一脸懵懂，女医生不由皱了皱眉，用笔敲了敲桌沿：“怎么不说话，你是要用药物拿掉这个孩子还是人工流产？”

韶青楚听到“流产”两个字，身体不听使唤地打了个激灵，杨柳抚了抚青楚的肩，柔和地开口：“人工。”

女医生听到杨柳的声音又抬眼看了他们一会儿，继续说着：“好，过半个月再来，现在孩子还太小，做不了手术。”

“医生，请问，那么这半个月，我们有什么要注意的吗？比如，她吃些什么好，不能吃什么之类的？”宋喜宝站在科室门口，小心翼翼地问。

那医生似乎没有料到会有人有这样的疑问，一边收拾着桌子，一边和一旁的医生闲话：“呵，只听过安胎的问忌口，还真没遇见过打胎的问这个，你孩子都不要了，还要注意个什么劲。"

那是种什么感觉，韶青楚直到现在还记得。那种感觉就像是被人用皮鞭狠狠地抽打在脸上。整个人没有什么疼痛感，只有力道打过来时鞭风划过脸颊瞬间的激灵。它迅速地来，让你丧失动物作为本能的反抗力。叶素息是怎么冲进去的，她已经不记得了。她只记得这个平时淡然的像池水一样的女孩，猛然冲进房间，挡在她身前。她从未见过那样的叶素息，那个时候，她就像个战士。

"如果今天坐在这里的是您的女儿，您也会像这样大声地敲着桌子，不问她几岁了，不问她害不害怕，轻松地问她要还是不要？您也会边笑边跟她说孩子都不要了，还注意个什么劲？您也会这么做？或者您希望别人对您女儿也这么做？"

即使过去了那么多年，叶素息依旧能够很清楚地回忆起那位女医生的脸。她苍白干洁却枯槁的手，她厚镜片底下波澜不惊冷凉的眼，她小而薄吐字如金的嘴，还有她用力敲桌沿的不耐，以及最后赤裸冷酷的嘲弄。叶素息从不觉得人是平等的，有求于人的时候，你就得忍耐那些必须忍耐的讥笑与戏谑。她想，她可能就是从那一刻开始，对医生这个职业，没有了丝毫好感。他们看惯了伤痛，对伤痛已然麻木。而轻视伤痛的眼睛和手，却又担负着替人们减轻伤痛的责任。世事有时候，就是这般矛盾和可笑。

## 3

在外读书的这两年里，叶素息坚持每周往家里打一次电话。他们之间已经有了某种默契，固定的时间，固定的电话号码，甚至是固定的说话模式。"是我，你们最近身体好吗？我过得很好，课业很有意思，保重身体，再见。"她很少说其他的，她生活的细节，她情绪上的转变，她对于未来的打算。而电话那头的人似乎也一样。他们不曾追问过，甚至一次询问都没有。所以每次看见宋喜宝和韶青楚往家里打电话的模样，叶素息会觉得有些羡慕。为什么他们有那么多东西可聊，今天的天气、学的新术语、明天打算做的事，甚至是新买的一条围巾。他们都说得津津有味，不觉无聊和疲惫，更别说沉默时的短暂尴尬，这些都不存在。

叶素息从照片里见过韶青楚和宋喜宝的家人。她一直觉得可以从面容里，探出一个人的骨骼。有着温柔眉目的人，就不会坏到哪里去。喜宝的爸爸妈妈就是拥有这样温柔表情的人。喜宝遗传了母亲清亮的眼睛和父亲抬眼间亲善的神色。而青楚的妈妈呢，拥有作为一个单亲母亲特定的刚烈气质。短发，素颜，眼睛大而有神，嘴角的弧度强硬，腰身耿直。韶青楚不像一般单亲家庭的孩子。他们羞于提及自己的家庭，对于直接导致失婚行为的一方存在某种程度上的憎恨。她从不避讳谈起父亲，谈起他们之间失去信任之后的婚姻，她与母亲的相依为命，以及对于父亲移情的理解。韶青楚说，很少有两个人可以一直相敬如宾地走到最后，面目和善，恪守宽容。她的父亲和母亲是极为平凡的两个人，他们没能守住一个家庭，这并不是谁的过错。而在叶素息眼里，韶青楚同长久只能依靠电话维系的父亲像一对老友。和母亲则像出生入死的姐妹。她们互相谩骂却又互相抚慰，她们是平等的，以彼此的存在作为根基。这是让她十分羡慕的家庭关系。

在韶青楚去做手术之前，她们三个人做了很充足的准备。上网查了人工流产需要带的东西，恢复身体的方法，应该吃什么，注意什么，怎样可以尽快恢复又不易被发现。她们带了毛巾、卫生巾、厚外套、穿起来舒服的鞋、保温杯里放了热汤。那是个晴天，8月中旬的南京，已经有了接近40摄氏度的高温。一路上没有人说话，出租车的广播里在放着苏芮的台语老歌《花若离枝》：

花若离枝随莲去　　搁开已经无同时
叶若落土随黄去　　搁发已经无同位
恨你不知阮心意　　为着新樱等春天
不愿青春空枉费　　白白屈守变枯枝

曲调凄婉、声调空灵。车窗外是烈日炎炎的夏季，嗖嗖掠过眼前的楼房街道以及行人透露出酷热下的躁动，那么蠢蠢不安。可是车子里面呢，她们三个人安静地坐着，韶青楚坐在前面，眼神直愣愣地望着前方，脑子里一片空白。宋喜宝看上去有些紧张，为了掩盖这样的紧张，她不停地咬着指甲，发出咯吱咯吱的轻微声响。叶素息并不知道广播里苏芮唱的是什么，她一个字也听不懂，可是却莫名觉得哀伤。她有些想哭，觉得这样的曲子太像凭吊了。它似乎在凭吊和纪念什么。

现在想想，其实，那个时候，她们从来没有真正地思考过关于这件事的真实含义。她们尚未产生对于生命最基本的尊重，也并没有这样的觉悟。她们唯一想到的，只是尽可能地自保。

韶青楚回忆起那场手术，总觉得比想象中的轻松。就像做了个梦。麻醉的药剂从手边打进去，再次醒过来的时候耳边响起的是床铺的铁栏杆和墙壁碰撞的清脆声响。脑子是混沌的，耳边传来的人声像隔着几层纱，闷闷的，她整个人有种浸泡在水里的错觉，和真实的世界存在一定的距离。护士看她醒了，有些惊讶，嘟哝了一句"药效这回过得可真快"，就依旧自顾自推着床铺将她往外带。这样被带着走了约莫5分钟，麻药的效力渐渐退去，韶青楚开始恢复力气。她下意识地伸手去摸肚子，肚子似乎比来的时候小了一些。她知道这肯定是错觉，因为它并没有大起来过。接着是下体传来的细微疼痛，她低头发现白色的病服渗着血渍。起初，韶青楚有些惊恐，想了会儿才明白究竟是怎么回事。她觉得自己已经可以站起来，于是谢绝了推着床位走的护士，从床上坐了起来。口袋里有事先准备好的毛巾和卫生巾，韶青楚找了个卫生间，将自己擦拭干净，换好衣服，站在镜子前，打量许久。脸色苍白、嘴唇没有水分，身子因为双脚无力在不自知地发抖。韶青楚洗了手，将脏掉的内衣裤丢进垃圾桶，对着镜子练习了多次微笑，然后走出去，去见站在外面等候的朋友们。

叶素息看着韶青楚从手术间里朝她们走过来，她和进去的时候一模一样，就像她只是进去看了个朋友似的。她和宋喜宝跑过去扶着青楚。脸色惨白的女孩露出感激的笑。看见韶青楚的笑，身旁的两个女孩也跟着笑了笑。她们不知道在这个年纪，有多少女孩曾经面对过这件事。

她们起初知道的时候，是不是也和她们一样慌乱，或者更加镇定坚强。她们是一个人来的？还是有人陪伴？她们是独自解决的？还是告诉了父母？她们有没有在深夜里哭过，觉得无能为力或者懊悔？叶素息觉得，她们三个人做了她们所能做的最好的决定。她们因为这件事，变得更像一个人。她们有共同的秘密，共同的罪过，也有了共同的记忆。

在无助绝望的时刻，有人在侧，这是不幸里最大的幸运。


暑假在韶青楚做完手术后的一周来临。叶素息带着她回来坞瑶。这是她读书以来，第一次回家。有时候她会问自己，两年来，她有没有想过那个地方，她存不存在在外的游子对于家乡本能里的思念。得到的答案是否定的。她一次也没有想过那里。她不怀念那里的风景，那里的空气，那里衰败的人群和气息。两年并没有改变她对坞瑶的判断。它依旧破旧潦倒，低俗拥挤，小得让人无法喘息。要不是因为韶青楚的关系，叶素息觉得她并不会这么快回来。

没有所谓的记忆

你可以做到真正意义上的没心没肺

快乐度日，欢喜一辈子

Chapter 6　因为太美了，
　　　　　　所以一直难以忘怀

# 1

抵达坞瑶车站，已经是次日凌晨。而坞瑶安静得像座死城。

叶素息扶着韶青楚下来，带着她穿过停靠着空车的车站过道，夜里有些凉，山里的风带着明显的阴冷和潮湿，韶青楚穿得单薄。

"冷吗？"素息关切地问。

韶青楚摇了摇头，抬眼看了看坞瑶的星空。星罗密布的夜空，繁星闪亮，一轮皎洁的圆月高悬在头顶洒着青光，月影里的男人挥刀砍伐，栩栩如生。这是韶青楚第一次发现，天空澄清到竟能看见古人看到的光景。她忽然很羡慕叶素息，羡慕她可以从小在这里长大，被这样美丽的月光照耀。

"怎么了？"叶素息转过来，看着站在原地一动不动的青楚。

韶青楚收回目光，对着素息微笑，笑容温润亲善。

"没什么，只是觉得这儿很美。"

叶素息抬头看了看夜空，又看了看外头的马路。路灯昏黄，人力三轮车偶尔从眼前掠过，有夜猫的叫声，凄厉森冷。街边小商贩丢下的各色塑料袋与垃圾随风翻飞，发出拉扯的声响，本就狭窄的街道被货车、客车、面包车填满，就像个垃圾收购站，毫无任何美感。

"哪里美了。"

叶素息轻哼一声，拉起韶青楚，上了一辆三轮车。

小县城的夜间生活是极少的，这个时间点，几乎所有的店铺都已经停止营业。卷帘门紧闭，灯火寂灭，只有沿街的路灯十米一个十米一个地亮着，显得没有那么荒凉。

叶素息的家，其实已经出了坞瑶的县城中心位置。它背靠高山又临着一条小河，是个百尺的三居室。装修得很简洁，白墙老式的土黄色门楣，不大的客厅被许多绿植填满。韶青楚觉得似乎有点太多了。它们几乎占据了客厅一半的面积。好像有几种不同品种的茶花和蟹爪兰，至于其他的韶青楚没见过，更叫不出名字。叶素息熟门熟路地走到餐桌旁，父亲的纸条被嵌在玻璃底下。字体清雅，力道适中。

"饭菜已经保温，你们自己吃，替我和妈妈说句欢迎，晚安。"

糖醋小排、芹菜腰果、柿子鸡蛋，还有一锅炖得极烂的土鸡汤。韶青楚吃得很香，这是她从未享受过的家庭美食，她和母亲很少在家吃饭，即使在家吃，母亲做的菜也从来算不得可口。

叶素息的卧室，在那一整片绿植的后面，它们必须穿过几乎无处下脚的盆栽区，才能进去。粉色的碎花窗帘，粉色的被单枕套，连吊灯都设计成了小提琴的模样。屋子里最多的是各色娃娃：维尼熊、唐老鸭、米老鼠、芭比，几乎填满了所能占据的全部空间……韶青楚有些惊讶，叶素息的卧室和她想象的完全不一样。这完全是个小女孩的房间。

叶素息将床上的娃娃推开，让韶青楚坐下，然后将自己素日穿的睡衣给她穿上，接着从衣柜里取出另一件穿在身上。蓝印花布的睡裙长过膝盖，将叶素息整个人包裹在里头，她黑色的头发现在正十分随意地垂着，白皙肃静的脸上带着微笑，像是从老式画报里走出来的女孩。韶青楚发觉和都市喧嚣那么格格不入的女孩，却在坞瑶浅淡的月色里，像朵茶花一样静静地开着。

"你穿这样，真美。"

叶素息微微一愣，看着镜子里的自己，下意识摸了摸身上的睡裙。

"是衣服好看吧，这是外婆做的，你身上那件也是。"

"是吗？"韶青楚这才开始细细打量自己身上的睡衣。她的这件是绸面的，花色有些像月季又有些像牡丹，可能是时间隔得长了，洗了多次后已经看不真切。可是依旧可以看到袖口缝合处均匀的纹路和立领口别致的金色拉丝暗扣。

"这些都是她做的。"叶素息打开衣柜底下的第二个抽屉，里面服服帖帖地叠着十几件花色各异、尺寸不同的裙衫。

"从 10 岁到 20 岁，每年一件。"

韶青楚的外婆很疼她。她会教青楚念诗歌，弹琴，带她去看画展，给她买她喜欢的小皮鞋和发夹，会随时随地亲吻她的脸颊，和她说外婆喜欢她。所以，其实韶青楚并不能完全理解叶素息外婆表达疼爱的方式。她也从未收到过这样的礼物。她的外婆是成都知名学府的教授，她的手是用来写字画画的，剪刀和针，韶青楚从没有看见外婆的那双手拿起过它们。

"这里真不像你的房间。"沉默了一会儿，韶青楚在被窝里耷拉着脑袋，再次将这个十分甜美的房间审视了一遍。

叶素息听青楚这么说，轻声笑了笑然后顺手合上衣柜走到窗前拉上了碎花窗帘："你也觉得不像吗？我也觉得。在还没来这里的时候，我总觉得别的地方和我不相衬，这里和我相衬。后来，真的来了才发现，这里，才是和我不相衬的。不过，是不是和我相衬，我喜不喜欢其实也没什么关系，母亲觉得我会喜欢。反正也不是什么重要的事，所以喜欢也无妨。"

喜欢也无妨，反正也不是什么重要的事。叶素息一直是这么想的。从小，母亲希望她喜欢的，她从没有讨厌过。至于她自己真正喜欢的，她想，这也从没有人在意过，因为，反正也不是什么重要的事。

2

叶素息的父亲叫叶和，是个十分温和的中年男人。个子不高，面容精致。说话轻柔，举止儒雅，话不多，客厅里的植物和盆栽都是他亲手培植的。

叶素息的慵懒和沉默寡言似乎是遗传自她的父亲。而素息的母亲呢，和叶素息长得像极了。有个十分新式的名字，叫章思琪。韶青楚觉得看见素息的母亲，便能知道素息50岁的时候是什么模样。章思琪十分美丽，窈窕的身段，乌黑的长发盘成发髻，白皙的肌肤，五官清晰肃静，嘴角一抹微笑，淡淡的，始终不减，说话也是轻轻的，悦耳极了，举手投足间有说不出的优雅。眼睛和素息几乎一模一样，只不过相较于素息眼里的沉静，青楚觉得，章思琪的目光更加冰凉，有着极强的疏离感，那嘴角的微笑无论多亲切，眼神里的冷漠却将你推得很远。这样的寡淡似乎也言传身教给了她的女儿。

叶素息和父母说，青楚刚做了盲肠炎的手术，由于母亲在国外出差，所以将她接回来休养。他们似乎并没有怀疑。韶青楚觉得，眼前的一家人最大的共通点就是没有什么好奇之心。这对她来说倒是好事。他们吃饭的时候不说话，甚至不对望，也从不询问素息在学校的情况。似乎，对素息在外的生活，漠不关心。青楚想到这个词的时候，心里只觉得恐怖。下意识的，她想极力否认这个词，却又寻找不到别的词来形容。

　　漠不关心，怎么会有这样的感觉。


　　"青楚，一会儿给你看素息小时候的照片，好不好？"

　　章思琪解下腰间的围裙，从饭桌上站起来，不等青楚回话，便自己进屋取来了相册。青楚觉得章思琪每次的询问其实都不需要有答案，因为她总是先一步有了行动。问，只是礼仪，和结果并没有什么联系。

　　"这是素息12岁，第一次登台演出，我记得那天表演的是新疆舞。"青楚看着有些泛黄的照片，叶素息站在舞台上，在一群模样雷同的孩童的中间扭着脖子。笑容灿烂，眼神清亮。

　　"这是她16岁，参加全国舞蹈大赛，那次的古典舞博得了满堂彩，她金奖的奖状和奖杯现在还在书房放着呢。还有这张，这张是她拉小提琴的照片，那时候她应该，应该刚学会《八月桂花》。"


　　章思琪一页页翻着相册，和青楚说着每一张照片里的故事。小提琴、舞蹈、书法、唱歌，素息从小到大做的事情比她多得多。她每一样似乎都做得比平常人好，韶青楚能够听出章思琪言语里的骄傲和自豪。她不由抬眼看了看坐在身边一起翻看照片的叶素息。叶素息低眉顺首地坐在母亲身边，穿着她素日不穿的小洋装，没有说话，嘴角挂着微笑，眼里却看不见对曾经岁月的半点怀念。

"素息，你肯定很爱你妈妈？"

"你不爱你妈妈吗？"叶素息没有承认也没有否认，只是反问道。

"我爱她。可是，我觉得你比我更爱自己的妈妈。"

"你来。"

叶素息领着韶青楚进了书房。书房很大，甚至比卧室还要大，整整一面墙的书，看得青楚眼花。

"这是名著，这是古籍，这是戏剧，这是经文，这是社会科学。有的我喜欢，有的我不喜欢，有的甚是枯燥，有的完全无法读下去。可是，读不完就走不出这间屋子。"

叶素息边说边走上阳台，从外头拖进来两个纸箱。里面的书籍因为风吹日晒，已经十分破旧。青楚识得那都是些杂文、传奇、武侠、怪谈之类，和书架上的比起来，称不上传统意义里的好书。

"它们，才是我喜欢的。可是母亲不喜欢我读它们。被发现的时候，她生气极了，于是，她把它们通通用剪刀剪了。"

"剪了？"

"是的，通通剪了。不喜欢的书就剪了，不喜欢的琴就砸了，不喜欢的人就毁了，这就是我母亲。在这里，我没有朋友，一个也没有。我身边只有她。你问我爱不爱她，我爱她，我也一度想成为她那样优雅美丽的人，想让她以我为荣，为博她一笑拼尽全力。可是，似乎，无论怎么做，都不够。"

素息后来告诉青楚，原本她在坞瑶有一个十分要好的朋友。她叫晓丹。她们是小学同学，从 8 岁开始就认识了。晓丹胆小内向，和熟人在一起的时候却活泼开朗。一开始，章思琪也是十分喜欢晓丹的。她会请晓丹来家里做客，给她买好吃的。不过，这样的日子到初中就结束了。晓丹的父亲在初中时因为车祸去世，欠下了大笔债务，母亲为了还债去了外地打工。因为家里没了可以管教她的大人，晓丹开始和学校里的混混厮混。她学会了抽烟、喝酒、逃学。可是，就算这样，晓丹和素息还是很要好。可是章思琪就不这么认为了。她开始干涉她们的交往，拒绝晓丹来家里做客，禁止素息的外出。那段时间，是素息唯一一次和母亲产生对立的时候。她和母亲争吵，她和母亲禁言，她甚至离家出走。

"后来呢？晓丹怎么样了？"

"后来？有一天晓丹来找我，她的衣服破了，裤子上还有血，面色惨白，坐在客厅的沙发上一直发抖。我和母亲给她洗澡，安抚她睡觉，告诉她这并不是多可怕的事。三天以后，坞瑶整个县城都知道了晓丹被混混强暴的事，是我的母亲说的。这之后，晓丹再也没有来过学校，也再也没有和我联系。听说，她和她妈妈一起去了外地。"

"阿姨为什么要这么做？你问过她吗？"

"我不喜欢她。她说，我不喜欢她。"

到这个时候，韶青楚终于明白了叶素息对人疏离淡漠究竟是为了什么。那是她从小到大养成的习惯。起初是害怕给他们带来伤害，后来，是习惯了这样淡漠的模式，失去了表达情感的能力。她似乎能明白素息为何对坞瑶有所抵抗，也知晓为何她从不说起她的家人。她将这个地方，将这些人视作牢笼，视作捆绑的利器。她在这里扮演着别人眼里所希望的角色，心里却渴望热烈真实地活，走出去是唯一的出口，而不回来是最刚烈的对峙。

## 3

来火车站接叶素息和韶青楚的是杨柳。他依旧开着他的小吉普，梳着标志性的马尾，蹲在玄武湖边，像个流氓。杨柳也不知道为什么会跟这群小丫头成为了朋友。起初他只觉得叶素息有趣，明明年纪轻轻却有成年人的老成。而韶青楚呢，他想是她惊人的果敢和勇毅打动了他。他想，如果他当年有青楚这般的气度和霸道，他的妻子也不会离他而去了。想到这里，他觉得有些不可思议，他竟然从这些小屁孩身上，看到了自身的缺失。

经过两个月调理的韶青楚，似乎又恢复了往日的光彩。她比之前杨柳看到的时候，更明艳动人了，眉宇间有了越发洒脱的神采。这是好事，杨柳想。而叶素息呢，杨柳将目光移向了他的这个忘年交。

"这个丫头可真惊人呢！"杨柳在心里惊叹。


人们都说女孩子变化最大的几年，是十八岁到二十五岁这个时间段。在这段时间里，她们变得开始睁眼看世界，学习和社会沟通交涉。她们从女孩一点点转为女人，从不谙世事到世故圆滑。她们开始知道自己的优势和缺憾，开始了解自己的身体与思想，知道自己适合描什么颜色的眼线，眉毛修的弧度，怎样的衣服能完美地展现自身的气质和身形，也开始真正意识到自我。懂得怎样锦上添花怎样趋利避害。她们会变得和从前截然不同，变成一副崭新的面孔来面对这个成人世界。从这一点上来说，韶青楚在明显地变化着，甚至是宋喜宝也有了不小的变化。可是叶素息呢，杨柳却看不到时间和人事对她产生的影响。她的模样、神态、姿势、面容妆发，和他第一次看见她的时候几乎一模一样。

"你来了，谢谢你，老杨。"

连声音也没有变化。杨柳在心想，接着说："谢什么，反正我也没事。上车吧。"杨柳接过青楚手里的行李，带着二人径直向学校驶去。

402的寝室门开着，看来宋喜宝比她们先到。青楚和素息还没走到门口，就听见了里面激烈的争吵。门被砰地一声推到了墙头，徐永泽从里头冲了出来，险些撞到拎着大包小包的她们。他抬起头看见来人，脸上露出几许尴尬，随即下了楼。

"你走！走了就他妈别回来！"

宋喜宝高亢的声音从屋子里传出来，客厅里桌椅凌乱，宋喜宝的衣服被扔得到处都是，她瘫坐在这些明艳的衣裙中间，似乎不敢相信徐永泽真的走了。像个不给糖果而闹脾气的孩子，撒娇过了头，被丢下后，显得手足无措，还有一点隐约的后悔。

在爱情里，相处的模式有成千上万种。有的人甜蜜浪漫，终日缠绵像场电影，到死方休。有的人热情辛辣，拳脚相加像个江湖，非得争出高下。有的珍重自持，平淡静默像口清茶。宋喜宝和徐永泽的爱情，却像两个刚学会走路的稚子，天真单纯少有克制。可是，正因为少有克制，彼此才不会计较许多。这或许是成千上万种模式里比较好的，起码在当时，叶素息是这样认为的。

## 4

南京的四季拥有各不相同却又雷同的风景。春日绿芽抽丝的柳树，垂在玄武湖的湖面上。有风的时候，会荡起小范围的涟漪，那些涟漪一层层地推开去，很快又消失了，像风从来就没起过，柳枝也从没有刮到过湖面似的；夏天骄阳似火，从澄碧的空中从茂盛的樟树叶里，渗透出来，将宽阔的柏油马路烤得滚起油渍。车辆从冒着油渍的路上碾过，扬起烟尘。烟尘从地面打着螺旋四散开来，很快也消失了，像太阳从来没有把马路烘出油渍，车子从来没有扬起什么烟尘似的；冬天大片大片的雪花终日洋洋洒洒，它们覆盖了街道、楼房以及行人的双眼。所有的事物都变得那么干净，白得没有丝毫瑕疵，连脚印都不曾留下。然后太阳出来，冰雪融化，灰色的街道、棕色的大厦、双眼疲惫的行人。白色出现又消失，一切又恢复原状。就好像雪从来没有下过，冬天永远不会来。而现在是秋天，叶素息站在昏黄的路灯底下，等骆胤来见她。南京的秋天也一样。像是来了，又像是永远不会来。树叶开始掉了，风也开始起了。风轻而易举地卷起树叶，将它们带得远远的，只留下枯枝和同样灰色的地面，就好像它们不是掉了，而是从来没有从棕色的枝干里长出来过似的。它们从来没有绿过，从来没有被阳光照耀、被雨露滋润、被微风抚摸。

"素息。"

骆胤轻柔地唤着她的名字，将她整个儿埋进他的胸膛。叶素息觉得骆胤的手臂结实有力，他将她抱得那么紧，就好像不这么做，她就会消失，就好像她从来没有出现过似的。这和唐莳彦的拥抱多么不同呵，叶素息想。唐莳彦那么小心翼翼，他将她当作珍宝而非人类。骆胤呢，他那么理直气壮，他将她当作他的一部分，他将她视为同类。叶素息现在还分辨不出来，将她视作珍宝和视作一部分，究竟哪一种更好一些。或许直到现在，她也依旧无法判断。

"素息，素息，我好想你。"

骆胤的下巴轻轻抵着她的头，来回轻蹭。一遍遍念着她的名字，似乎要把分开的这两个月的份额一并儿拿回来。

"我在这儿。"

叶素息靠在他胸口，听着他铿锵有力的心跳，轻声回应。

"素息。"

"嗯。"

"我喜欢你。"

"我知道。"

骆胤的手穿过叶素息顺而黑的头发，轻轻抚摸着她纤细耿直的脖子。叶素息觉得两人的脸靠得越来越近了，她能感受到这个男孩努力克制的呼吸。


"你怎么不闭眼睛？"


素息不知道为什么脑海里会忽然浮现出唐莳彦的这句话。于是她十分听话地闭起眼睛，耳边似乎听见了骆胤温柔的轻笑。然后他们的嘴唇碰在了一起。很柔软，起初是轻轻地，蜻蜓点水般地，然后是温热的，他将她抱得更紧了。她可以听见他的心跳，一、二、三、四、然后节奏混乱了，一、二三四、一二三四五……他用力撬开了她关闭的牙齿，那么灵活的是什么？骆胤的吻和唐莳彦的截然不同，这不是她记忆里的吻。叶素息有些惊慌，又或许，这才是吻。

　　叶素息和骆胤的关系公开后，收到的第一份祝福来自宋喜宝。她似乎比自己谈恋爱还要开心，她觉得素息愿意接纳骆胤实在是很好的一件事，她觉得这样素息可能会变得快乐起来。恋爱，虽然偶有伤痛，但带来的快乐，却不是做别的事情可以比拟的。第二份祝福，是来自叶莎。她很高兴她喜欢的两个孩子可以走到一起，也很高兴素息终于愿意尝试着接纳新人。骆胤那么好，或许可以取而代之也未可知。第三份祝福呢，是来自顾蔓菁。第一次认识叶素息，她对这个女孩的印象并不深刻，她的寡淡远不及身边妖娆妩媚的韶青楚醒目，甚至也不及宋喜宝来得讨人欢喜。可是处久了，你就不得不开始正视她了。叶素息的身上似乎有某种力量，让人想要到她身边来说点什么。她喜欢叶素息，这是肯定的。她喜欢素息不说话时候的沉静，打量别人的时候那种清冷的目光，甚至是素息疏离人群的古怪。她希望叶素息可以幸福，也希望他们几个人都可以一直幸福。

　　幸福？叶素息也会时不时地这么问自己。快乐吗？幸福吗？这样是不是就是人们通常意义里的幸福？可是，幸福是什么？两个人在一起就是幸福？没有争吵没有猜忌没有隔阂就是幸福？她从来不知道幸福的滋味，也觉得这个世间不存在什么绝对的幸福。她和骆胤在一起幸福吗？她不得而知。她只是知道，在什么时间应该做什么事情，而和一个人相遇、相识、磨损、妥协和消耗，是这个生命时间段里，必须经历的课时。上课、记笔记、聊天、发言、走神、打盹儿，然后下课铃响了，她就得起来。

## 5

入秋以后，南京的天气终于出现了适宜的凉爽。叶素息喜欢帆布鞋踩在地上落着的梧桐叶上发出的声音，像裂帛，清脆悦耳，你轻轻一踩，它们就碎了一地。南京的黄浦路上有着南京城最大最古老的梧桐。茂密的梧桐树，鹅黄色的围墙，成片成片掉落的梧桐枯叶铺满一整条长街，行人在这里通常都不怎么大声说话，他们被这里安静、肃杀的氛围感染，变得分外谦和。和拥挤嘈杂暴躁的都市相比，这里完全是另外一个世界。

叶素息慢慢地在黄浦路上走着，和一起来的人们渐渐拉开了距离。她眯着眼睛打量着走在前面的这些人。最前面的是宋喜宝和徐永泽，喜宝今天穿着一件鹅黄色线衫，一条短裤，天气这么凉，她却还是给人暖洋洋的感觉，在清冷的色调里，宋喜宝是唯一的一抹亮色。一旁的徐永泽被她牵着手，带着往前跑。走在他们后面的是顾蔓菁和唐莳彦。他们肩并肩，她的右手放在唐莳彦的口袋里，两个人气定神闲地走着。顾蔓菁今天穿着一件湖蓝色长裙，外罩着一件灰色风衣，和唐莳彦深蓝色的牛仔外套配得刚刚好。身后骆胤奔跑的脚步渐近，素息转过去，骆胤将手里的冰激凌递给她。素息张嘴大口大口咬着，她喜欢在秋天吃冰激凌，喜欢在微冷的天气里，将牙齿冻得咯咯作响，喜欢冰凉的奶油穿过喉咙的激灵。她边吃冰激凌，边示意让韶青楚快些过来。走在最后的韶青楚正和妈妈打着电话，她笑着摆摆手，示意叶素息和骆胤不必等她。

秋日午后慵懒昏黄的阳光洒在小伙子们健康活泼的身体上，微凉的风一次次吹起姑娘们的长发、睫毛，还有裙裾。他们手牵手，肩并肩地走着，梧桐叶在他们的身后拖出长长的尾巴，像金色的地毯。叶素息将吃了一半的冰激凌塞进骆胤的嘴里，骆胤惨烈地怪叫，引得前头的宋喜宝大笑，那清亮的笑声在空中回旋，顺着树梢一直飘到了云里。有时候，你会想要停止思考和行动，将场景和场景里的人永远定格下来。那是因为在那样的场景里，你觉得完满幸福。因为太美了，所以一直难以忘怀。这样犹如美梦般的美，会让人一度产生错觉，错觉这些画面里的男男女女可以战胜寻常人类，不会衰老，不会物化，不被损坏，一直幸福，像一群天使。

这一天是唐莳彦 21 岁的生日，顾蔓菁为他举办了一个小型的生日派对，请了他们几个。晚饭吃的是重庆鱼头火锅，夜间的活动是宋喜宝提议的通宵电影。影厅在黄浦路地铁口附近，门楣极小，店铺设置在地下一层。楼梯是铁质的，两旁没有装灯也没有装扶手，走在上面有轻微的摇晃感。他们选了几部电影，叶素息选了《勇敢的心》，顾蔓菁选了《巴黎野玫瑰》，宋喜宝选了《夜惊魂》，唐莳彦挑了阿尔莫多瓦的冷门片子《对她说》。放映室不大，他们几个挨着坐下。

"Fight,and you may die.Run,and you'll live at least a while. And dying in your beds many years from now. Would you be willing to trade? All the days from this day to that, for one chance,just one chance, to come back here and tell our enemies that they may take our lives, but they'll never take our Freedom!"

"战斗，你可能会死；逃跑，至少能苟且偷生，年复一年，直到寿终正寝。你们！愿不愿意用这么多苟活的日子去换一个机会，仅有的一个机会！那就是回到战场，告诉敌人，他们也许能夺走我们的生命，但是，他们永远夺不走我们的自由！"

——华莱士《勇敢的心》

叶素息喜欢梅尔吉普森自导自演的《勇敢的心》。从第一次看见这个片子开始就无法不喜欢它。她喜欢梅尔吉普森演绎的华莱士；喜欢他为电影孤注一掷的偏执，赔上所有家当，这样几乎丧心病狂；也喜欢这个被爱尔兰风笛渲染得愈发悲情的英雄传说。每个人的身体里或许都住着一个男人和一个女人。这两股截然不同的势力互相撕扯斗争。有时候是男人赢，有时候是女人。这样的斗争在叶素息的身体里循环往复，大多时候都是男人占了上风。所以，她总是显得过于冷硬，十分无趣，却又对英雄怀抱着一颗赤子之心。即使知道这些英雄主义题材电影本质上都归于幼稚的做梦，演说多过真实，却依旧冒着傻气地苦苦迷恋。

阿尔莫多瓦的故事和华莱士的截然不同。它美丽却又哀愁。一个叫作尼莫的男孩暗恋着对面窗口里会跳芭蕾的姑娘。姑娘因为一场车祸变成了植物人。而尼莫则去应聘了护工的工作。漫长的岁月里，他每天为她擦拭身体，帮她按摩僵硬萎缩的肌肉，他一刻不停地同她说话，告诉她这个世界发生的变化。终于，姑娘醒了，而尼莫却因为在姑娘昏迷时强奸了她，而获罪锒铛入狱，最终在监狱里结束了自己的生命。而醒过来的姑娘呢，她完好无损地活着，就像从来不曾受到过伤害，她完全不知道在她身上发生的一切，也不知道有个叫作尼莫的男子曾经惊天动地地爱过她。阿尔莫多瓦在导演手札里说，他想说个故事，说个关于奇迹的故事。如果你一直对一个长眠的人说话，她就能醒过来的故事。

叶素息记得，她和唐莳彦对这部电影有过一次讨论。叶素息最喜欢的结局是唐莳彦最讨厌的。像唐莳彦这般意气风发的人，想来是无论如何也接受不了这样的结局的。唐莳彦总说，如果爱可以创造奇迹，那么为什么不让爱有所结果？不让付出换来收获，让等待赎回爱果。可是，爱又何来公平一说？这世间又有多少暗恋最终换得眷顾？大多的不过是被轻巧地略过，至多报以几句客套的抱歉，几抹同情的眼神。而眼泪又那么不值钱，只在需要的时候，演出来给人看。《对她说》，已经很好了，它起码展现了一种可能，一个关于生命的奇迹。而那种关于爱情的大丰收，实在有失真实，失了真实就显出荒诞来了。

是的，有时候惊天动地只是一个人的事。你的惊天动地，于他（她）只不过是无聊时的消遣，是眼前烟云。


已经接近清晨，身边的骆胤在位子上沉沉地睡着，手却还是紧紧拽着叶素息。她下意识地将手从那双宽厚的手掌里抽出来，目光扫过去，发现宋喜宝和徐永泽头靠着头睡得很熟。而顾蔓菁躺在唐莳彦的腿上微微打鼾。在她身旁的唐莳彦醒着，黑黝黝的眼睛在荧幕前放着绿光。他们不由自主地对望着。叶素息觉得那双眼睛像座迷城，让她无法将目光从他身上抽离。猛然间，她发现她流泪了。

曾经，叶素息觉得他们靠得近极了，近得就像是自己身体里的某个部分。可是，事实是什么呢？事实是他们从来都离得很远。他们中间隔着许许多多的人，就好像这放映厅里的座位。他们坐在两头，中间横七竖八地躺着宋喜宝、徐永泽、韶青楚、骆胤、顾蔓菁。那么多的人，他们无法跨越。

所以，请记得，爱情，这种事，从来没有公平一说。并不是你付出的越多，得到的就越多。有时候，甚至是恰恰相反的。它阴险谄媚，欺软怕硬，对它有敬畏之心的人，它从来拳脚相加。你必须正视它，轻看它，凌驾在它之上，看见它的平凡之处。

Chapter 7　久了就会想要了，
　　　　　　还会要得很多很多

# 1

大学时期，叶素息最喜欢的时光，便是寝室的卧谈会。学校熄灯后，她们三个人躺在各自的床上，有一搭没一搭地说话。喜宝喜欢说，青楚喜欢下判断，素息则喜欢听。有时候你不得不承认自己并不是一个擅长聊天的人，很容易将心事和盘托出的人都比较幸福。叶素息觉得自己也不擅长和人说心事，即便是面对最好的朋友。所谓的秘密，能说得出口的，可以被一同分享的，都不能算是秘密。那些无法对人言的，说了对解决无益的，那些隐晦的、亏欠的、罪孽的、肮脏的、逃避的、只能烂在心里的，才衬得上"秘密"二字。今天聊的是梦想。

韶青楚说她的梦想一直是做纪录片。她说，记录是一件很有意义的事情。而影像记录是所有记录里，最真实、最具象，也是最直接的。她要做一个纪录片导演。跟着平凡人走，和平凡人生活，要知道没有什么比甘于平凡更伟大。宋喜宝呢，她说她的梦想是要开一间美甲店。美甲店里所有的装修她都要亲自操刀。她要买许多珠帘，将它打扮得梦幻纯真，她坐在里头给来的客人画各色不同的指甲，让她们的指尖开出花朵。她爱的男人来给她送饭，她为他修剪倒刺。店铺的名字她都想好了，叫作"一帘幽梦"。

最后，轮到叶素息了。她的理想是什么呢？从小到大叶素息的愿望只有一个，那就是离开坞瑶。现在她已经离开了，她的理想就算是实现了吧。那么接下来，有什么想做的吗？叶素息猛然发现她这二十年来的努力和坚忍不拔，为的只是这一件事。她那么孤注一掷，从未停歇，却从未想过，除了离开这一件事，她究竟还能做些什么。没有想要的生活和想要成为的样子，她的心里，竟升起一种空落之感。

徐永泽好赌，这是宋喜宝和他交往一年后，叶素息和韶青楚才知道的。那一天是她们都很喜欢的摄影课，宋喜宝旷课未到，她们回到宿舍也没有看见她的踪影。电话未接，短信不回，将近凌晨才怒气冲冲地回来。绯红的眼睛里布满血丝，随时可以吃人。她不由分说地推门进来，夺过叶素息手里的手机拨了号。电话响了几声，接着她们就听见了徐永泽的声音。周围似乎很吵，他的声音很高亢，和平时的低声细语截然不同。

"喂，你现在在哪里？寝室？寝室怎么会这么吵？你是不是又在赌？你不是答应我不再赌了吗？你在哪里？喂，你在哪里？喂？"

对方似乎挂了电话，宋喜宝一手攥着手机，来回不停地走动，身子因为气愤而有些发抖，她的脸红极了，牙齿将嘴唇咬的渗出了血："又骗我，他又骗我，我要找到他，我要把他杀了！"

说到这里，宋喜宝似乎一下子有些虚脱，她踉跄着瘫坐在地，喃喃自语："我以为他会改，他说了他会改。他答应我不再赌了，说还了这次的债就好好画画，再也不去了。都他妈是假的，都是假的，他妈的！"

那一夜，在叶素息的记忆里显得很漫长，她们三人挤在一张床上互相环抱着彼此。宋喜宝躺在中间，半梦半醒，总是不自觉地颤抖和落泪。叶素息和韶青楚看了几乎一夜，挨到清晨才迷迷糊糊地入睡。醒来后宋喜宝早不见了踪影，只有桌前的一张便条，字迹潦草，走得很急。

我还是想去找他。你们包里的钱，我拿走了。

喜宝

宋喜宝一走就是三天。再次出现在寝室的她依旧穿着三天前的那套衣服，整个人泛着酸味儿，妆早就花了，眼影晕在眼睑上，分不清哪是黑眼圈哪是釉彩。白皙的脖子上有几处抓痕，眼里闪动着极不寻常的光，显得很兴奋。她看见屋子里的两个人，冲她们灿烂地笑，伸出手来打招呼："我差点把他打死。"

宋喜宝说，她拿着她们的钱，打的去了另一个城市，一家接着一家赌场地找，终于将徐永泽找了出来。她找到他的时候，他已经杀红了眼，身上的钱赌得几近一空，宋喜宝替他垫了债。两个人开了一间房，在屋子里大打出手。喜宝说，她从来不知道自己有那么大的力气。她将徐永泽整个人摔倒在地，将夜宵整个儿倒在他身上，徐永泽烫得大叫。看着眼前男人痛楚的模样，她的心里竟然升起一股莫须有的快感。

很多人说，柴米油盐的生活，好像流水一样的时间，会让原本美好的爱情面目全非。可是，叶素息却并不这么觉得。她觉得，爱情从来都是美好的，它带给你温暖欢愉，在红尘俗世里闪着奇迹般的光热。其实，面目全非的并不是所谓的爱情，而是在一起的两个人。柴米油盐的生活，改变了彼此的心性，原本温柔的不再静美，原本宽厚的不再仁慈。像流水一样的时间，改变了彼此的容颜，美人变得迟暮，英雄也最终穷途，谁对谁都失了耐心。这是时间流逝的人性使然，和爱情本身，没有关系。

只不过，难过一次，就会变得畏首畏尾，以为爱情是个坏东西。其实，人，才是个坏东西。

宋喜宝想开一帘幽梦的原因，大部分来自她对美甲的迷恋。喜宝有一双十分好看的手，修长纤细白皙，指甲圆润，大小适中，是一双适合任何装饰的手。喜宝喜欢在指甲上涂很浓烈的颜色，藏青、湖蓝、亮黄、明绿、朱红。在指尖画上几多小花，一两个蝴蝶结，或者点缀上宛如星辰的美钻。有时候是摘了一朵小花，有时候是捧了一掬湖水，有时候是蓝天，有时候又是森林。

原来，一帘幽梦，最终只是个美梦。

## 2

在她们几个人里，韶青楚反对喜宝和徐永泽在一起的态度最为明显。也是因为这件事，素息和喜宝才知道了韶青楚有一个嗜赌如命的父亲。韶青楚说，赌博就像是一种巫术，她的父亲就像是被下了蛊毒一样，变得六亲不认，胡搅蛮缠。她和母亲求过、帮过，用尽手段，最终都是徒劳。友情、亲情、爱情，在他们眼里，比不上圆桌上的一粒骰子来得金贵。这是一种极其厉害的蛊毒，从指尖沁入骨髓，将一个好端端的人，蚕食得面目全非。

元旦，叶素息决定独自去成都，去九寨看水也去峨眉朝佛。南京禄口机场的傍晚，暮色温柔，如果说什么地方不会让人感觉寂寞，那么肯定是汽车站、火车站、码头、机场这样的一些地方。它们终日灯火通明，进站、停泊、卸货、道别、相聚、起飞、降落。人一拨接着一拨地来，然后又一拨拨地离开。它们从不停歇，就像这个世界里只有白昼，没有夜晚。你可以坐在这里长久等待，没有人关心你去哪儿，什么时候出发。人们都那么匆忙，经不起半刻等待。所以，叶素息喜欢旅游，一直在路上的感觉就像这些来来去去的人流车流。你被新东西填满，就没有闲暇时间品味寂寞。

飞机从南京上空飞过，渐渐遥远的城市灯火如同海上的渔火，黑色的夜是幽蓝的海水，那些闪烁的灯是星星之火。城市，远得像个摇摇欲坠的岛屿。


叶素息发现成都的夜晚比南京热闹。人潮涌动的春熙路上妆容精致的姑娘们走着利落干净的步子。高跟鞋虎虎生风，眉角的眼线微微向上，带着戏剧风味的张狂，美极了。那些不卑不亢的表情同韶青楚的如出一辙。她们有着绝对的自我把控力，不从属于某个家庭和某个人。在这里，女孩子们对于"我"这个字的概念出奇明确。叶素息后来去过很多地方，见过许多美人，却唯独这里的姑娘，有这般的骄傲。她们的自信，自我和不受把控，她们将男人视作平等动物，这是一种拥有主导地位之后的美，带着力量，让人羡慕。

而夜里的锦里呢，和春熙路截然相反。叶素息订的旅店靠近这里，相传它在西蜀时期就已经是条名巷子了。锦里古街和武侯祠挨着，几乎聚集了成都所有的年轻人。红色的纸质灯笼、高低不平的青石板路渗着水渍，人影稀疏，小店铺半敞着门，从里面传出电视声。一旁的小河静默地流，倒映出她的影子。叶素息只觉得那像个陌生人。

沿着窄巷走了约莫20分钟，就看见了旅店的门头。"尘外"的旅店门牌并不大，竖着挂在廊柱上，它的店门也是微微开着，里头灯光很亮。

老板娘是上海人，将近四十，身形保持得很好，即使尚在冬天，却依旧穿了一身葱绿旗袍，只是在外头罩了一件桃红色的薄毛衣。看得出来虽然在这儿生活了将近十年，骨子里却依旧保留了老底子上海女人的小脾性。因为是旅游高峰期的关系，旅店能够提供的只有最顶层的一间小阁楼。叶素息拿了钥匙，摸索着上了楼，从狭窄的楼梯里跑下来一对追逐欢笑的年轻男女，女孩跑得很快，险些和叶素息撞个满怀。她快速侧过身，好让女孩过去，赶上来的男孩冲着她露出抱歉的笑，也奔跑着下了楼。那欢笑声一直延续了好久，叶素息不由自主地站在原地听了一会儿，直到再也听不见了才转身接着往上走。不足十平方米的房间虽然很狭小，却也打扫得很干净，桌椅摸上去没有一丝灰尘。倾斜而下的房顶，高一点的人需要矮身才能进去。不过对于叶素息来说倒是刚刚好。房顶上有一个一米见方左右的圆形天窗，玻璃擦拭得很干净，只要躺下来一抬头，就可以看见成都夜空里清朗的月色。

叶素息半闭着眼睛，在床上躺了好一会儿，外头比刚才更安静了。那对外出的情侣似乎回来了，轻声细语地敲开了旅店的门。这时，唐蔚彦给她来了电话。

"你去成都了？"

"是的。"

"到了吗？"

"到了，在房间里。"

"然后打算去哪儿？"

"明天准备去九寨。"

"到了记得打个电话报平安。"

"嗯。"

叶素息比唐莳彦挂得快一些，她知道她是有意识的。挂完电话后，她觉得有些口渴，于是轻轻地坐起来从床头柜边拿起矿泉水，大口大口地往喉咙里灌。从她这个角度看出去，可以望见古街之外现实世界热闹的街景，那里有着整夜整夜不灭的灯火。

是啊，热闹在远处，近处只有她自己。

从成都去九寨的路，是出了名的险。一同去的当地人告诉素息，从前的路更难走，出来十个人总有一个摔下山涧，没了踪影。叶素息一边听着一边望着小面包在峭壁上跟跄而行，左边是陡峭的山岩，近得伸手可及，岩石被风干得只剩下粗糙的沙砾，连杂草都无法着地生长。右边则是岷江滔滔的江水。她总是忍不住低头去俯瞰悬崖下的岷江，想象着车子滚落山涧的情景。想着自己的脸被岷江浩渺杏黄的江水吞没，想象着她的身子一点点沉入底部，胸口沉闷，爆裂难当，一口一口的江水灌进七窍，那么惨烈地死亡。

车子大约走了一天的时间，他们终于进入了阿坝自治州。这里聚居着羌族、藏族、回族还有为数不多的汉族，留宿的小镇叫作漳扎，也就是我们通常说的九寨沟。接纳她的是一户羌族人家。这是个四代同堂的大家庭。房子是去年新建的，两层楼的藏式洋房。经幡猎猎，在夕阳底下，绸缎上的经文隐约可见。洋房的后面附带着一个小院子，搭建着草棚，圈养着几头猪和几匹马。这样的条件，在漳扎镇，已经是数一数二的了。人丁兴旺是这个家庭最引以为傲的事情。已有 90 高龄的爷爷名叫德旺，虽然腿脚有些不方便，却依旧是整个家庭的大家长。然后是正值壮年的父母，年轻气盛的孩子以及已经可以随处奔跑的孙儿，加上加下足有 15 口人。

这些人里和叶素息最亲近的，是和她睡一间屋子的小孙女顿珠，一个 14 岁的小女孩。顿珠生得很美，高挑的个子，大而明亮的眼睛，很羞涩，不爱说话，偶尔笑起来的时候会露出洁白的牙齿，像上好的象牙。

顿珠对于素息的一切都显出了难以掩饰的好奇。她的衣服、她的背包、她指甲的颜色、她抹的粉色唇蜜，还有她随身携带的小说。顿珠告诉她，因为她是女孩，爷爷觉得女孩没有必要念书，只要知道怎么酿青稞酒，怎样做糌粑切羊腿，如何抓住身边男人的身体和魂魄，读书对这些并没有帮助。但她识字，哥哥们把从学校学来的东西都说给她听。顿珠捧着叶素息的书，翻来覆去地看，她问素息，这是个什么故事。叶素息说，这是一个小女孩想要离家出走的故事。

"和我一样。"顿珠忽然轻声一笑，将书递还给她。

"也和我一样。"叶素息心想。

第二天离开的时候，叶素息将它送给了顿珠，还有她的粉色唇蜜。


萨莉，你有时会希望自己可以不回家吗？你希望有一天你的脚可以走呀走，把你远远地带出杧果街，远远地，也许你的脚会停下来，在一所房子前，一所美丽的房子，有鲜花和大窗，还有你可以两级并一级跳上去的台阶。台阶上面有一个等你来的房间。如果你拔掉小窗的插销，轻轻一推，窗就打开了，所有的天空都会涌进来。

——《杧果街上的小屋》

九寨沟因为沟内拥有九个村寨而得名，当然也因为它绮丽的山水。很多人因为忘记了水本来的样子，所以来这里缅怀。而枫树秃拥有同九寨不相上下的水，它们同样干净清冽。碧绿的湖，几步一汪的水，苍劲的翠柏和高而远的雪山，遥遥相对。瀑布从垭口涔涔地下坠，溅落在石阶上蹦出颗颗分明的闪着微光的水渍。周围听不见机电声，甚至连人声都消失无踪，你能够听见的只有流动的水、扑腾翅膀的鸟、抚摸过树梢的风，还有你一步一口平稳深沉的呼吸。在这里，四季无碍，岁月被永久定格。

3

从九寨回到成都，骤然变更的海拔和气温，让她得了感冒。旅社的老板娘给她拿来自家准备的药，她囫囵吞枣地按照要求吃了，接着倒头就睡。被手机铃声吵醒，似乎已经过去了足足一个白天。叶素息觉得意识有些模糊，喉咙发干，说不出话来，电话那头传来唐莳彦的声音。

"我在成都，你在哪儿？"

后来的意识叶素息一直是模糊的，她的头疼得厉害，她似乎已经顾不得细想唐莳彦为何会独自来成都。也不是很明白他怎么就来到了她身边。是的，此时，不是在梦里，唐莳彦就在这个叫作"尘外"的，远在成都锦里弄堂深处的小旅店里。在这个只有10平方米的阁楼里，在她的身边。

"吃了它们再看看，如果烧没退，就要去医院挂水了。"

"我不去医院。"

"为什么？"

"总之，不去就是了。"


叶素息素来倔强，唐莳彦是知道的。他并未和眼前的女孩争辩太多，只是转过身，去卫生间灌了水来烧。叶素息裹着被子，看着他打水、找插座、烧水、拉窗帘，只觉得心里安定。虽然她的身体从未像现在这般孱弱，可是，瞧着这个人，心脏却从未如此刻般健硕。如果你皱眉，而身旁有个人觉得六神无主，那么无论如何，你该觉得幸福。

叶素息醒过来的时候，唐莳彦就睡在她身边，他的双臂环抱着她，脸和她贴得近极了。天窗里透进来的月光亮度刚刚好，叫她可以辨识出眼前男孩刚硬的五官。唐莳彦睡得很安稳，眉眼沉静，嘴唇微张，原本上扬的弧度此时不见了踪影。叶素息觉得睡梦中的唐莳彦就像是另一个人，没有了素日的意气风发，像个需要被人守护的孩子。叶素息伸出手，顺着唐莳彦脸部的轮廓轻轻画着，随即唐莳彦睁开了眼睛。


"你醒了？"

唐莳彦并没有松开环抱着她身子的手，反倒抱得更紧了。素息的脸一下子就贴在了他的脖颈上，素息没有说话，只是缩了缩身子，整个人埋进了唐莳彦的臂膀里。

"你怎么会来？"

"是你叫我来的。"

"胡说。"

"真的。"

"胡说。"

他们就这么互相怀抱着睡了一晚，什么也没发生。素息觉得这是她睡得最好的一个夜晚。唐莳彦的怀抱温暖而包容，不带任何欲望的诉求，让她安全，给她投靠，叫她不恐惧伤害。

前路漫漫，我们穷其一生在追寻的，也不过是这么一个温暖的臂弯。可惜，有的人寻觅一辈子，终不得见；有的人，于拐角处猛然撞见，却不自知；而有的人呢，明明彼此知晓，彼此妥帖，却早早错过了佳期。

其实，对比起来，倒是最后一个最不幸运。

4

第二天，叶素息退了烧，二人决定继续完成她的旅行。他们从成都坐大巴车出发，途经彭山、眉山、夹江，大约走了 3 个小时，就到了峨眉境内。

站在峨眉山脚远远地望过去，大峨二峨两座山峰在缥缈的云雾里对望着，显得十分巍峨肃穆。正午 12 点阳光直射在山峰上，将白雪反射出奇异的光彩。叶素息眯着眼睛站在那儿，觉得整个身体轻飘飘的，矗立了千年的山峦如此宁静隽永却又饱含着宽容的生命力，这让她心生敬畏。

　　去到金顶的路途很遥远。抬头望过去，拾级而上的石阶洋洋洒洒看不到尽头，它们和远处湛蓝的天空交相辉映，像是一直走上去就可以到达天堂。叶素息觉得双脚发软，每走一步都要花上比平日多出几分的力气。山顶的风大极了，吹得她睁不开眼睛，她停下来大口大口地呼吸。唐莳彦从背包里拿出水，递给她，两人坐在了石阶上休憩。叶素息边喝着水边往下看，从如此高的地方看下去，石阶就像是一条匍匐在山脉上的长龙，曲折迂回，通体亮白。而那些往上走的行人，通通化成了长龙身上的鳞片，明明走得十分努力，却看不到效果。

　　"走吧。"

　　叶素息坐在原地，抬头看着朝自己伸手的唐莳彦。她这才注意到唐莳彦原本如稻草的卷发已经消失了，极短的寸发让他分明的五官更加立体突出。原来相识的两年里，这个男孩是在一点点变化着的。眼前的人，似乎少了初次见面的张扬桀骜，多了几分从容和稳健。她叶素息在这样的改变里，究竟占着多少份额，她不愿去想。

　　"怎么了？再不走，赶不及回去了。"

　　唐莳彦的手依旧直直地伸在她眼前，叶素息望着这样的一双手出神，它那么大，那么宽厚，那么孔武有力。叶素息第一次有了一丝犹豫。

"久了就会想要了。想要他在你身边，想要和他堂而皇之地牵手逛街，想要见他的朋友，融入他的世界，想要他的眼睛只看你一个。素息，真的，久了就会想要了，还会要得更多。"

在这样的一个时刻，叶素息第一次想起了当年韶青楚的警告。她以前从未如现在这样有过真切的害怕。可是是在害怕什么呢？不是人情世故的磨砺，时间给予彼此的改变，而是害怕那长久以来的习惯。从前的她那么习惯一个人的生活，也从不艳羡旁人。现在的她呢，却对眼前之人有了难以言说的依赖和眷恋。眼前的这双手，她那么想握在手里，不止是此刻，而是这之后的每时每刻。叶素息那么深切地明白，当这样的想法，一天强烈过一天后，当她对他的依恋成为自此往后的习惯后，她便无法再放开眼前的这双手了。她会变得和青楚一样，和喜宝一样，甚至和顾蔓菁一样。

有所眷恋，你便再也无法独自前行；有所依赖，你便再也不能不告而别；有所欢喜，你便再也不是坚不可摧的了。你会变成真正的女人，你会依赖男人，为了男人犹疑、猜忌、患得患失，像个不懂事的孩子，一味哭闹占有，而不是个无所性别的中性生物。

唐莳彦的手机在这个时候响了。叶素息看了看来人脸上犹豫的神色，于是自己站了起来转过身继续登山，将接电话的人留在了身后。金顶已经不远了，隐约可以看见艳阳底下璀璨的四方像。它是世界最高的金佛，铜铸镏金，高 48 米，重 660 吨。它的真身是以峨眉山作为道场的普贤菩萨。只有人类才会如此费尽辛苦地进行塑像崇拜。等你走得近了，就可以看见须臾而坐的他那慈威并济的表情。他合目颔首，拈花微笑，四面神色大抵相同，那深谙世事的笑，仿佛是在向你昭示你永远抵达不了神迹的门楣。但，他却无时无刻不在看着你。你可以将这样的神情理解为宽宥，也可以将它理解为一种自上而下的，有些高高在上的垂怜。他垂怜你，就好像你有求于他。

不远处万佛顶的钟声幽幽传来，清明空幽，袅袅迂回。叶素息的心神随着钟磬，一下下地摆动，每一声似乎都打在了她的心上。目之所及，身边皆是双手合十，匍匐在侧，五体投地的善男信女。他们的口里似乎念念有词，那并不是她所能理解的词句。这样的声音伴随着那由远及近的钟声，肃穆又庄严，让她感动。素息觉得她的毛孔正在慢慢打开，眼睛看得更远，耳朵听得更清，身体的敏锐度变得空前发达。

让生死有常，不至绝望，这是人类自救的模式。宇宙无恒，平凡之人总是需要依靠偶像来抚慰自身。这样的自救，让人变得暖而满。


"既然来了，就学着他们的样子，磕长头吧。"唐莳彦笑着对叶素息建议。

万佛阁的钟，共敲击了108次，紧敲18次，慢敲18次，不紧不慢再敲18次，如此反复两次。在这样的钟声里，叶素息和唐莳彦同旁边的其他人一样一遍又一遍地磕着长头。夕阳嫣红的余晖洒在他们身上，温暖仁慈。叶素息一直记得那天的天光，她愿意称它为温柔之光。那光从峨眉山料峭的山崖探出身子，从雾霭深重的暮色里发出来，将所有人都笼罩在光明里，这其中也包括唐莳彦和她自己。

那道光是如此公允，没有亲疏伯仲，没有轻贱贵胄，没有分别之心。

可能永披福泽是美好幻想，但有幻想，有愿望，便仍有向善的力气和理由，我们可以紧紧环抱在这样的温暖周围，不被冻伤，不至风化，有所收敛，懂得矜持。

"无论如何，请让身边的人幸福安乐。"叶素息的愿望极短，她觉得她那么不贪心，菩萨必然会眷顾。

Chapter 8

恰如其分的爱情是神奇遇

# 1

叶素息在成都同唐蒔彦见面的事，她并没有刻意瞒着韶青楚和宋喜宝。她的朋友本就不多，她也觉得对她们坦诚是必须的。韶青楚并没有多做评价，她只是希望素息可以重新考虑她和骆胤的关系。毕竟，谁都能看出来，骆胤对叶素息的真情实意。

叶素息给骆胤去了电话，约他在学校的书吧见面。她比骆胤早一些到，选了个靠窗的位子，从这里看出去，正好可以看见绿草如茵的操场，许多孩子在那儿踢着球。等了差不多十分钟，一身热汗的骆胤走了进来。他看见叶素息，灿烂地打招呼，坐下来要了一罐冰可乐。

"这个给你。"叶素息从包里拿出在峨眉求的平安符，"在峨眉的时候求的。"

骆胤的眼里闪过欣喜，带着明显的受宠若惊。解读出这样的意思，素息心里不由一阵愧疚。

"你特意为我求的？我现在就放起来。马上，你等一下。"

骆胤一边说一边从裤袋里掏出皮夹，将平安符小心翼翼地放进去。

"素息，明年就要分方向了，你想去哪儿？"

"还没想好，你呢？"

素息喝着杯里的茶水，抬头撞见了骆胤有些殷切的眼神，她知道那意味着什么。

"不要等我的。"

骆胤没料到素息如此坚决地回绝，不由反问："为什么？我想和你一起，后面的两年也想和你一起。"

叶素息摇了摇头："你为了和我一起，就不要你的梦想了吗？"

骆胤听到这里，不由一阵沉默。

"我们各自都有各自的梦想。如果两个人在一起，必须要有一个人放弃他自己。梦想也好，生活也好。这样的爱都太草率了。永远不要为了什么人放弃自己的梦想。到时候你会后悔，而我呢，也并不要你以后怨恨我。你明白吗？"

骆胤觉得如果恋爱是场赛跑，他和叶素息之间，他一直是那个落后的人。他从很早开始就喜欢这个女孩。他喜欢她肃静的容颜，黑如星夜的长发，低头沉思的表情甚至是那说什么都波澜不惊的语调。他喜欢她灵敏的观察力，与人刻意的距离和冷漠，对待亲近的人却从来很好。他甚至喜欢她默默喜欢唐莳彦的心情，喜欢她即使难过却依旧忍耐的善意。他从没告诉过叶素息，他一早就知道她从未喜欢过自己，她那黑亮的眼睛只有在看见谁的时候放光彩他不是不知道。可是，他觉得，这些都没有关系。他喜欢跟她在一起，喜欢照顾她，宽慰她，为她放弃他的生活，甚至是梦想。只可惜，她一直在前面走得飞快，就好像后面追赶的人是什么洪水猛兽。

教工宿舍在图书馆的旁边，背阳，阴雨天的时候，就显得森然可怖。叶莎的宿舍在5楼，门开着，叶素息推门进去，叶莎已经在茶几上泡了一壶好茶。是她给叶莎打的电话，她想同叶莎聊聊，随便说点什么都好。叶莎很爽快地答应了她，并邀她来自己的住所。叶素息坐在小沙发上，手里捧着茶杯，打量着这间单身公寓。这里被叶莎布置得很前卫，用砖头拼搭的圆形茶几，上面铺了一张蓝白相间的条纹桌布，台灯是组接的，一个白炽灯炮外罩着一个用旧报纸裁剪而成的灯罩。素白的墙壁上钉着许多叶莎自己的摄影作品，但没有一张自己的相片。

"这是去年安庆带回来的太平猴魁，还剩点茶末，丢了可惜，还是泡来喝了吧。"

叶素息听见"安庆"两个字不由笑了笑，觉得日子过得真快，他们一起去拍黄梅戏已经是一年前的事情。

"怎么？和骆胤吵架了？"

叶素息轻轻摇了摇头："你知道的，我不爱吵架。"

"不吵架才怪呢，哪有情侣不吵架的。"

叶素息咀嚼着叶莎的话，她不知道叶莎是不是话中有话。

"今天骆胤问我明年方向班的选择，他想和我报一个班。我从没想过，他竟然会有这样的想法，他那么热爱摄影，为什么要放弃？"

叶莎摊了摊手："看来他真的很在意你，那你呢？"

"我？"是啊，那么她呢，她对骆胤又是什么样的感情呢，"我正在努力。"想了片刻，叶素息这样回答。

"正在努力？"叶莎扬了扬眉毛，站起来去厨房里拿出水壶，往茶壶里一点点地加着热水："不要让他放弃梦想，否则总有一天他会怨你。可是，也不要放弃你现在的努力。素息，你要知道，很多时候，恰如其分的爱情是种奇遇，它们少得可怜。这个世界的大部分人，都没有遇见过恰如其分。一见钟情那是骗骗小孩子的把戏。更多的时候，我们是在潜移默化和彼此消耗里，慢慢打磨出了一个妥帖的相处模式。

电光火石的并不是爱而是种病。唐莳彦有他的好，骆胤也有。只是，你要给他施展的机会。"

唐莳彦有他的好，骆胤也有他的好。这样的道理，叶素息又怎么会不明白。可是，人的心其实是很小的，很多时候，容纳了一个，便再也没有办法塞另一个进去。而那个占据着要塞的人呢，他在那里开垦、播种，最终培植出整片整片的森林。枝叶繁盛，荆棘丛生，旁人进不去，要根除也难于登天。"要给他施展的机会"，这么轻巧的一句话，要给却谈何容易。

叶素息这样想着，和叶莎告了别。在回寝室的路上接到骆胤的电话。他说明天是周末了，想要带她去市区玩。素息没有拒绝。

## 2

周日，天气晴朗，无风。

他们在一家西餐厅吃了自助牛排，说了些不着边际的话，素息和他说自己此番旅行的见闻，骆胤则向她说起了他的家人。做老师的父母，身体健康开朗活泼的爷爷奶奶，他是家里的长孙，从小备受瞩目也一直是家里的指望。骆胤边说话边将餐盘里的牛排切得大小不一，全部挪到叶素息的碗里。后来，叶素息再也没有遇见过为她切牛排的男孩子。骆胤是第一个，也是最后一个。有时候她不免会想，如果在他爱你的时候你又恰巧爱他，那就是这世上最幸运的事。如果她能够爱面前这个将她视为一部分的男孩，说不定这也是世上最幸运的事。从餐厅出来天色已暗，新街口璀璨明亮的灯将市区照得宛如白昼。这是圣诞刚过不久的依旧充斥着节日气息的街道。麋鹿的彩灯，挂满礼物的圣诞树，几步一株，红色的圣诞帽，橱窗里五彩斑斓的糖果，吸引着过往行人的目光。街头有很多和他们一样的人，肩并肩地在游荡。叶素息觉得这些陌生人和他们一样，却又不一样。他们手挽手彼此热烈地交谈，嘴里呵出雾气，发出怯怯的笑。那种自然而然散发的亲昵就和他们不一样。

"放假跟我回家吧。"

骆胤冷不丁的话让叶素息惊得停下脚步。他刚刚说什么？他说要带她去见他的父母，去见那个适才说过的大家族？骆胤转过身，看着眼前的女孩原本肃静的脸上闪过一丝慌乱。这样慌乱的神情虽然是转瞬即逝的，但因为是第一次看见，骆胤一直记忆犹新。那样的表情，告诉他她是不愿意的，不仅不愿意，她甚至恐惧。

接近午夜的鸽子巷僻静，鲜有人烟。两旁的路灯坏了几盏，灯丝呜咽，一闪一闪发着吱吱声响。骆胤一手牵着叶素息，一手用手机打着手电，熟门熟路地带路。巷子的两旁开着许多规模各异的小型宾馆和夜宵大排档。因为通常吃夜宵的时间要更晚，所以连夜宵摊子都很安静。他们从这些店铺门口经过，店里的人下意识地抬头看上经过门头的这对学生几眼。这是叶素息第一次和男孩子来这样的地方，她将头尽量压低，心里有着莫名的心虚和慌张。走进来的宾馆叫什么名字，叶素息根本没有在意，她盲从地跟在骆胤身后，只是无意识地被领着走。叶素息发现，每每遇见与自己息息相关的事情，她的脑子总会出现阶段性的空白，就好像被抽干了灵魂的硅胶模特。它（所谓的灵魂，如果它真的存在的话）从躯壳里飘出来，就这么浮在一侧，它总是从半空里，离她不是很远的地方，静静地看着她。它不做决断也不干涉，它只是思考却不发出行为指令。她不知道别人是不是也会这样，她把这理解为一种叫作逃避一切尴尬、矛盾、伤害的病，寻常人可能叫它软弱。骆胤要的房间在这个宾馆的五楼，走出电梯右手边的第三个门就是了。一张单人床，被褥整洁地平铺在上面，昏黄的灯将房间照得很温暖。落地窗一尘不染，被擦拭得很干净。窗外是无论多晚依旧霓虹闪烁的湖南路，人潮涌动，不知在忙些什么。

　　骆胤让叶素息先洗了澡。她直挺挺地躺着，头顶的吊灯，忽闪忽灭，发着青光，偶尔飞来一两只蚊虫，一下一下撞击着灯罩，乐此不疲，不觉疼痛。叶素息觉得现在自己的耳朵灵敏极了，她可以听见骆胤在里头洗澡的花洒声，他上完厕所抽水马桶的冲厕声，他挤压沐浴液的声音，拍打爽肤水的声音，还有头顶蚊虫撞击灯罩的闷响。这是哪里？此刻她不是应该躺在402的寝室里，和青楚还有喜宝说话吗？这里是如此陌生。而洗手间里发出的又是什么声音？里面的那个是谁？和她是什么关系？她为什么会来这里？躺在这张硬邦邦的床上？枕边的电话是不是在响？屏幕上的那个中文名怎么念来着，唐字是这么写的吗？为什么一直盯着却觉得越来越不像？


"在哪儿？青楚说你们去市区了，现在还没回来？"


　　叶素息花了几乎一分钟，才读出简讯，她盯着信箱里的信息看了一会儿，觉得有些心酸。他是她什么人，她又是他的谁？现在推开洗手间的门走出来的这个裹着浴巾的男孩才是她的男朋友，不是吗？她现在要和他做的事，不就是寻常情侣会做的事？

清冷的月光透过落地窗洒进来，将整个房间照得泛蓝。叶素息让骆胤关了灯，那张狭小的床像是一艘小船，在蓝色的海面上，轻轻摇摆。他们俩起初是静静地躺着，骆胤冰凉的身体透过叶素息薄薄的睡衣透进来，他的脚攀上了她的腿。叶素息觉得身体里的那个它又一次弃她而去。她恳切地祈求它不要走，告诉她她要做什么，可是无济于事。它依旧没有任何怜悯地离开了。它浮在那盏被蚊子不断撞击的吊灯上，从那里温柔地望着她，极尽温柔的，就好像是在看一个婴孩。她的唇被骆胤含在嘴里，柔软的舌头抵着她的牙齿。

她的衬衫已被解开，有一双手按在了她的乳房上，她觉得他揉得那么用力，让她感觉到了疼痛。

"素息，素息，我喜欢你，我真的好喜欢你，给我好不好，给我吧，给我。"

叶素息细细瞧着这张嘴，这张说着柔软情话的嘴。它一遍遍吻着她的嘴，她的额头，她的鼻尖、脖颈、肩膀，还有不算大的乳房，直到全身滚烫。叶素息感觉有什么东西正在顶着她的腹部。它那么坚硬，像根铁棍，叫她吃惊。并迅速移向她的腹部。

眼角的泪，莫名地滚了出来，滑过脸庞，流进两人交织在一起的嘴里。男孩愣了片刻，从女孩的身上爬了下来。


外头的月光被云雾遮挡，原本还算明亮的房间，变得一片黑暗。叶素息不知道自己这么呆呆地坐在床头坐了多久。她的双脚发麻，已经丧失了知觉。地上的男孩，鼾声如雷，像面薄鼓，一下又一下震动着她的耳膜。

她现在是在给予骆胤对自己好的机会吗？叶素息这样轻轻地问自

己。她愿意将她交给这个男孩吗？她那么害怕，那么恐惧，那么明显的抵触，那么不愿意和他亲近。

"原来，要从身体上接受一个陌生人同从心底接受一个陌生人一样困难。"眼一闭牙一咬，将来人拥进怀里，让他深深地进入子宫。这些想起来极容易实现的事，远没有想象的那么轻而易举。

## 3

骆胤后来再也没有提带叶素息回去见父母的事，就好像之前的话只是随口说的。上学期拍摄的黄梅戏纪录片入围了全国的纪录片竞赛，叶素息一整个寒假都在叶莎的宿舍里，同她一起重新精剪安庆拍摄而来的纪录片。她将解说词重新改写，换了更为平和的配音，加了孩子们家访的内容，力求从更为客观的而非一个女编导感性的角度，去探究这群活在戏里的人。她发现，她似乎越来越喜欢做这些事情。将画面拼接组合，将文字搬上银幕，和不同的人见面说话，走进他们的生活，看见他们虚掩在铁门背后的心魔。

新学期来临，叶素息将宿舍里所有人的被子洗净，换上干洁的床单，将桌椅擦拭整洁摆放整齐。同时新购置了一个青瓷花瓶，后山的梅花开得正好，她折了几枝回来灌上水，只用了一个晚上，它们就开得鲜妍料峭。清洌的花香蔓延了整个寝室。她用水管来回冲刷厕所，一遍遍刷着马桶，倒入消毒液洗一次，用温水再洗一次，直到马桶看着洁白如新。将苏菲·玛索的海报取下来，换上凯拉·奈特莉。凯拉·奈特莉穿着一件白色衬衫，没有穿胸衣，扁平的胸膛，高耸的颧骨，冷酷的眼神。这是个将女性魅力发挥到极致的女人，雌雄同体，不卖弄性感，却没有人说她不美丽。

韶青楚来得比宋喜宝要早一些。她并不是一个人来的。叶素息从阳台看下去，只见她拎着个极小的提包，高跟鞋的声音轻快而有节奏，红色的风衣如火，即使是在雾色里也很容易辨认出来。韶青楚的后面跟着一个男人，那男人个头挺高，一身灰色西装，皮鞋踩在阶梯上的声音，沉稳而清晰。青楚巨大的行李箱被他提着，因为隔得太远，叶素息看不见那个男人的五官。

门被敲得咣咣作响，韶青楚带着初春清爽的空气一道进来。原本黑白的世界登时有了色彩。跟在身后的男人十分绅士地和素息打招呼，沉默着将行李推进她们的房间。素息判断眼前的男人大约有四十五岁光景，面容透露着一般成功人士特有的自信和锐利。那是经历世事磨砺后的从容笃定，和学校里那些只懂得吹嘘的男孩子们截然不同。晚她们一步到的宋喜宝，并没有看见那个男人。她有些懊恼和遗憾。韶青楚轻描淡写地告诉他们，那是她小学同学的父亲，他们在他女儿的婚礼上相识。名字她记不清了，不过对她很好，有求必应。素息问他的女儿对他们的关系有什么意见。青楚告诉她，他们只不过是寂寞的人互相陪伴，原不会长久，没必要告诉各自的家人。他们只是互取所需，这样的关系比爱情来得可靠甚至更加单纯。

《梅花初绽》获了最高奖，学校为叶莎的团队举办了影展，叶素息跟着叶莎辗转于各个学院的公开课。她不擅表达，只负责影展结束后，回答问题的部分。大部分沟通的工作都交给了叶莎和顾蔓菁。忙完了一个星期的影展之后，他们才有时间坐下来聚餐，庆祝《梅花初绽》的成功。聚餐放在秦淮河边的云水谣里。云水谣是一艘做旧的游船餐厅，停泊在夫子庙沿段的秦淮水边。秦淮河水悠远，高高挂起的灯笼上的流苏迎风摇曳，在夜色里红得炽烈、妖娆又惆怅。这样的景致倒映在水里，就像个聊斋故事的开场。他们一行人，互相搀扶着走下拱桥，在灯影幢幢的灯笼底下弯腰前行，浩浩荡荡七个人往船身里一钻，就占满了一个云水谣。

今天大家的情绪都好极了，喝了许多酒，素息也喝了许多，面前摆着四五个空瓶，却依旧一直往嘴里灌。她的民族，是个十分爱喝酒的民族，嫁娶要喝酒，生了儿子要喝酒，死了人也要喝酒。在他们的概念里，酒，是琐碎生活里的迷人幻觉，是暂别背朝黄土面朝天的苦口良药。如果有一天，你也有机会去那个畲乡村落，千万要喝上几斤他们自酿的米酒。它们苦涩呛鼻、辛辣，有股发酵的腐败气，却又极易上瘾。叶素息是喝着那样的米酒长大的。外婆说，女孩子必须会喝酒，会喝酒才不会被男人欺负，才有力气和资格与他们大声说话。后来叶素息也喝过许多不同种类的酒。有的甘甜，有的清冽，却从没有一种可以和他们的米酒相媲美。和他们的米酒比起来，这些所谓的酒总是显得单薄无力，有种好似童年的尴尬。所以叶素息一直是那个越喝越清醒的人。有时候，她会羡慕那些一喝就醉的人。羡慕他们可以任性、胡搅蛮缠、撒泼打诨，像个稚子。酒过三巡之后奉上的自然是国王游戏。第一个被挑中的是韶青楚。

"大冒险，站到甲板上跳舞。真心话，这辈子做的最丢脸的事。选什么？"

"真心话。"

"最丢脸的事，你们俩都知道的。"韶青楚拍了拍宋喜宝的脑袋，一手撑着下巴，一手揽过叶素息的肩，"那天我们在酒店，你宋喜宝跟我说，你找男人都不挑的吗？哈哈，这件事最丢脸，我睡了个男人，一口黄牙，凸肚谢顶。"

沉默片刻后，是众人的大笑，韶青楚在一片叫好声里重新转动汤勺，这一次中招的是骆胤。

"大冒险，游河。真心话，第一次是在什么时候。"

"16岁，我高一。"

"哟——"骆胤爽快的回答招来全场欢呼。

接着，是顾蔓菁。

"大冒险，和唐莳彦拥吻1分钟，真心话……"

骆胤的话还未说完，顾蔓菁却已经一扬手，将唐莳彦揽在了怀里。众人的欢呼在此时达到顶峰。叶素息起初有些失神，望着对面拥抱在一起的两个人。要是眼睛瞎掉就好了，这样她就可以不看他们。她的耳朵要是可以聋掉就好了，这样她就可以不听周遭那响亮的欢呼。可是，她的眼睛好好的，她的耳朵也是。韶青楚猛地趴在她肩头，这样巨大的冲撞让她缓过了神。于是她捡起手边的筷子，学着宋喜宝的模样，用力敲着盘子，看着叶莎大笑的表情，努力跟上余温。她听见她的喉咙里发出尖锐的声音，那样的声音，就像坏掉了的弓拉着一把走音的小提琴，真有够难听的！叶素息想，那个时候如果有一面镜子，她就可以看见自己的表情了。那是多么的诡异的表情呵，嘴角笑得快要裂开，叫嚣的音调高过所有人，身子夸张地前俯后仰，拍桌踩脚，以几近表演天赋的扭曲来企图掩饰悲伤，眼里却噙着晶莹的泪。

几轮过后，终于轮到了叶素息。

"大冒险，给喜欢的男生打电话。真心话，初吻的地点是哪里。"

"操场。"

叶素息这样回答的时候，刻意躲避了对面唐莳彦困惑又惊诧的目光，她不敢抬头，只是迅速拨了一下勺子。勺子转了几个圈后，又再一次停在了她眼前。

"啊，素息，你转到你自己耶。"宋喜宝高亢的声音大得惊人，"这么重要的事情我竟然不知道。今天还不把你扒个干净。要么说出那个男人的名字，要么，"宋喜宝将尾音拉得很长，扫视了一圈，显得胸有成竹，"要么，你和除了男朋友之外的异性拥吻 1 分钟。"

叶素息的脑海里有差不多三秒钟的空白。她有些惊慌，瞧着已经酒意上脑的宋喜宝知晓事情再没什么可回旋的。于是只得站起来，朝着面露惊慌的唐莳彦走了过去。原本嘈杂的一桌子人在这个时候似乎都清醒了。唐莳彦显然没有料到这般局面，也不知道为什么炮火就攻到了自己这里。他瞧着已经走到跟前的叶素息，下意识地站起来。双颊绯红的女孩刚好到他的肩膀这么高。叶素息觉得她可能是醉了也有可能是暂时地疯了。此刻她在众目睽睽里仰着头颅，面对着这个她爱着的男孩。时间似乎在这样的一瞬间停止了，她听不到周围人群倒抽一口的凉气，看不到他们紧咬的嘴唇，被冒犯被伤害的眼神，还有那极尽遮掩的恐惧。这些她通通看不见了，她甚至觉得周围的一切都消失了，她唯一感受到的是唐莳彦熟悉又陌生的气息。是的，这张柔软的嘴唇那么陌生，却又那么熟悉，就像他们一早都在寻觅对方，而现在终于有了归处。

"10——9——8"众人的倒数嘹亮悠长，听觉终于恢复了。

她用力抱着他，努力吸吮着他嘴里淡淡的烟草味。

"7——6——5——"

他的手牢牢扣着她的腰际，第一次发现她原本可以如此热烈。

"4——3——2——"

他们的手深深嵌进彼此的肌肤，在上面印出指痕，他们堂而皇之地拥吻，不必再做贼。

"1——"

他们急速分开，没有看对方一眼。

4

五月，徐晨来访，这是整个电视学院的节日。

徐晨是当时纪录片界新起的几个拿了国际大奖的导演之一，当然现在依旧十分鼎盛。他的镜头真实、平静，和对象靠得极近。他遵循的原则是与拍摄对象保持最近的关系，他说镜头只有推得近了，才能看见真实。你必须和他们成为朋友，成为家人，成为他们生活里并不显得突兀的一部分。让他们从忌惮镜头到习惯镜头最后忘记镜头。这样，他们才能做真的自己，而不只是作秀。在千人报告厅举办的讲座，几乎天天座无虚席。来听讲座的除了学生也有许多老师。叶素息和韶青楚好不容易托人要到了旁听的票子，进去的时候大荧幕上正在播放徐晨的新片子《葬礼》。片子很长，足足有 5 个小时。记录了徐晨的父亲从生病到逝世的全过程。在这个片子里，徐晨担任着摄像、编导、剪辑、后期制作以及配音的工作，可以说几乎是他一个人独立完成的。父亲脸颊的勾勒，咳嗽时颤抖的肩膀、老人山头简易的坟墓，以及最后母亲形单影只的剪影。

虽然片子极长，几乎超过了一般人所能忍耐的长度极限，但是报告厅里没有一人提前离席，许多人都落了泪，包括坐在叶素息身边的韶青楚。叶素息知道自己也被感动了，却并没有流泪。她的感觉是奇怪的，她承认她认同这部片子的价值，这种将衰败和死亡赤裸裸地摊在大众眼前的真实的残酷，除了影像可以做到之外，并没有其他的门类可以做到。可是，这种真实的残酷却又那么叫人心有余悸。如果，你的至亲在你面前死亡，你看着他的生理机能逐一毁坏、无法说话，不能动弹，喉管被切开，依靠流质进食，大小便失禁，没有任何生命质量，直到停止呼吸。而你却依然能够保持清醒，将镜头冷静地推过去，这必须拥有一颗怎样坚硬的心？叶素息想到这里不由转过头去看坐在首排的徐晨，他戴着帽子，整个身子陷在红色的沙发座里，光线太暗了，看不见表情。

徐晨的演讲同片子一样精彩，他讲了拍摄的初衷，讲了坚持梦想的坚定，讲了几十年记录道路的苦难，同时鼓励所有坚持的孩子，坚持最初的信念。叶素息觉得当时在现场的每个人，都被他点燃了某种热诚，可以仅仅用语言就达到影响人心的效果，这是需要天分的。徐晨就有这样的天分。最后的提问环节，提问的孩子也很多，问题各色各样，徐晨的回答可以用妙语连珠来形容。徐晨这么善于表达，这是在素息意料之外的。看他的片子，总觉得非常质朴，让人以为这会是个沉默寡言的人。

终于轮到叶素息，她的声音并不大，问的问题也不算高明。

"徐导，您觉得做一个纪录片导演，最重要的素质是什么？"

"在我看来，应该是一颗无时无刻不追求真实的心。"徐晨几乎没有什么思考，脱口而出，"只有带着这样的真心，才能拍出具有真实感的东西，然后用这样的真实打动观众。"

叶素息扬扬眉，不置可否："难道不应该是冷静吗？"

"冷静？"徐晨显然有些迷惑。

"在您拍摄自己父亲病逝的时候，难道不是因为拥有超乎常人的冷静才能拿稳摄影机，将镜头平缓匀速地推到他眼前吗，我不认为这个时候，一颗追求真实的心能起到什么作用。"

叶素息一句话这么亮堂堂地丢出去，丢在宾客满棚的大讲堂里，像一剂冷冻剂，将全场冻结，包括坐在嘉宾席上的徐晨。他坐在那里望着站着的这个女孩子，迟疑了将近半分钟，接着站起来快速离开了现场。叶素息觉得自己并不是个冲动的人，甚至连起码的正义感都很少。她不会为了不相干的人据理力争，但却没来由地为了这个片子里已经入土的老人伤心。或许是徐晨的父亲让她想起了她的外婆。让她想起了她年幼时期的不告而别。与其说是在和徐晨怄气，不如说她是在和她自己怄气更为合适。几年之后，机缘巧合之下她再次和徐晨见面，徐晨告诉她，什么人适合做什么事，很多时候是注定的。他的理性冷静，注定他必然可以做好记录这份工作，而叶素息本质上依旧是个敏感脆弱的女人，也就注定了她无论如何都做不了记录这份工作。她无法袖手旁观，那么她必然是那个要投身其中的人。

徐晨走后的一个星期，他们迎来了对于他们这一代人而言，永远不会忘记的一天。

5月12日。四川汶川境内发生8级地震，南京、北京、上海、杭州皆有震感。韶青楚花了足足一天的时间，才同在成都的家人取得联系。

接着就是连续不断的余震。汶川、绵竹、雅安、都江堰、青川、茂县、成都、重庆，无一幸免。

她们终日聚在电视机前，看直播，听广播，上网浏览最新的新闻。世界一瞬间变得很小。这是叶素息第一次感受到传播的能量，它将灾难具象地昭示在众人眼前；也将生离死别的惨痛捧到你跟前；也教你众志成城，大爱无疆；也要你集结点滴之力，从深刻的悲痛里衍生力量。叶素息觉得自己实在太过软弱。她见不得那些痛苦、那些死亡、那些渴求的眼神以及深切的绝望。在这样的一个时候，她觉察出自己可能永远无法承担传播这份工作。她那么软弱，永远无法站在伤痛面前，保持一颗冷静的心。她永远不可能成为坐在废墟上，站在伤病旁，冷静播报的那些人。她一定是那些在废墟旁俯身刨挖的众人中的一个。她不可能在第一时间里，完成传播的任务，她是要在第一时间里，投身去解救困苦的那类人。她无法置若罔闻。即使知道，传播意味着让更多的人得救，意味着一种更高层次的精神领导，意味着更长远的基础建设。她发现她只是个平凡人，只能做力所能及的事。只能听凭内心。这是她的自身局限，永远痴迷在小爱里无法自拔。

余震在接下来的两个月里依旧持续着，死亡人数每天都在攀升。许多志愿者进了灾区，这其中也包括杨柳。叶素息知道他是有经验的。他组织了一批志愿者，由他自己带队，驱车进了灾区。和杨柳一同回去的，还有韶青楚。叶素息和宋喜宝并没有阻止她。那是她的家乡，她的家人都在那里。在这样的时刻，与家人在一起，或者尽自己的绵薄之力，远比在偏安一隅的南方终日等待消息，要来得有意义。

韶青楚回去之后，每天会和她们通一次电话。她告诉叶素息她和杨柳一起进了青川，原本平静的小镇已经面目全非。每天，他们都去废墟里挖活人，当然现在挖出来的几乎都是死人。他们也去医院派发物资，为孩子重新开课。余震一波接着一波，有时候他们会半夜惊醒，从宿舍跑出来，所有人站在空旷的操场上，看着眼前的天摇地动，恍在梦中。有时候她也会哭个不停，呕吐不止，却坚持不用药，因为即使是最简单的感冒药，在那里都是金贵的。韶青楚说，在青川的两个月里，她没有一次想起过谢廉。身体疲惫达到崩溃的临界点，心却是平和温暖的。生命那么宝贵，活着已经很不容易，开心也是一天，难过也是一天，自然要开心才对。她说，有那么一天清晨，她睁开眼睛，发现心脏还在跳动，透过窗户，看见废墟里依旧苗壮疯长的杉树，在浓烈的阳光底下，闪着雨后的微光。黄色的潮湿的泥土里，长出青色的嫩草，一簇簇一丛丛，它们的枝干那么柔弱，一只极小极轻的蝴蝶都能压得它们垂下腰来。可是，等到蝴蝶一飞走，它们就又缓慢地直立起来，在风里，来回摇摆，看似脆弱实则坚韧。她忽然发现，原来所有东西都在毁坏之后努力地新生着。在那些被夷为平地的地方，植物长得尤其茂密。

原来，在什么地方软弱，我们也必然会在什么地方刚强起来。还活着，还能呼吸，心脏还在怦怦地跳动，伤口结痂长出新肉来，就是种难得的幸福。你要像眼前的大自然一样，给它机会，给它从软弱里刚强的机会。

Chapter 9

爱，让你变成软弱的人

# 1

　　大三开学他们面对的第一件事就是方向班的选择。韶青楚选了她最为热爱的纪录片方向，宋喜宝选了电视编导方向，骆胤选了摄像方向。叶素息出乎所有人意料地选择了汉语言文学。唐莳彦和顾蔓菁则纷纷考上了电视编导的研究生。

　　汉语言的课比起叶素息前两年接触的内容来说要枯燥很多。它从词句的最初结构开始学起。将一句话拆开来，从主语谓语宾语入手。一开始，她甚至都不知道怎么说话了。这就好像之前十几年的经验皆无用了一般。很多时候，这样的细枝末节让人乏味丧失耐心甚至沮丧。你以为早已经得心应手的事情全然不是你以为的那个样子，于是你变得手足无措，像个没有教养的傻瓜。可是时间一久，你又会自觉出一种别样的好来。以前，她总觉得影像的力量是无穷的，它具象、生动、震撼人心。现在，她发现文字也自有它的一番力量，甚至可以这样说，比起影像，它更具备历史感、权威感也更加矛盾。仔细追究起来，它甚至是我们剩下来的最多的也是最深刻的财富。人们依靠它回忆、铭记、总结和赶超，试图从日复一日的往昔里，寻找自救自省之道。可是往往不得善终。究其原因或许在于它们包含了太多的个人的好恶。它们并不像想象当中的那般客观公允。当个人的叙事被誊印成文本，被认可甚至歌颂，当个人记忆转变成大众记忆之后，一件事，一个人，乃至一段历史，才会被认可。渐渐地，我们会忘却它的根本，它的最初模样，我们不会知道那只是个人意愿，我们会照本宣科地认为，这就是曾经的现实。瞧，这就是文字的力量。它可以让你不朽，也可以让你遗臭万年甚至自取灭亡。

举个最简单的例子。阿尔丰西娜·普莱西如果没有遇见小仲马，她就永远不可能成为玛格丽特。《茶花女》造就了这个姑娘，将她幻化成为爱坚贞不屈的象征。试想一下，如果没有文字，这个从乡下进城的姑娘，至多也不过是巴黎名利场上一朵艳冠群芳的茶花，开了败了，也无迹可寻。哪会被一次次搬上舞台，一次次演绎给人看，演绎给人看究竟是什么力量足以叫一个妓女变成纯洁无瑕的天使。瞧，这就是文字的力量。让小众记忆变成大众记忆，然后，就成为了历史。至于现实里，那个姑娘究竟是什么模样，大抵，也没有人会在乎。她的墓碑前，一直不乏鲜花祭奠，对这个轻贱可怜的姑娘来说也算是好事。

在叶素息埋头研究《茶花女》的时候，顾蔓菁找到她，说他们播音主持研究生班想要排一场新式话剧，希望由她来执笔。素息觉得试一试笔头也无妨，就答应了下来。给她写本子的时间不短，有整整一个月。这部戏的导演是毕业于中央戏剧学院导演系，近年来颇具争议的话剧新锐徐柯。叶素息觉得有些奇怪，这么一个小型的学生实验习作他竟然会感兴趣。顾蔓菁安排了她和徐柯的会面，他们约在学校的小剧场。


叶素息和徐柯的见面很具有戏剧张力，那是夏天即将接近尾声的一个简单的傍晚，夕阳西下，叶素息到小剧场的时候剧场的灯已经亮了，空寂的礼堂似乎刚刚进行了一次彩排，横七竖八的椅子横躺或是叠着挤在一块，红色的大幕布拉了一半，还有一半被顶棚的风扇吹得摇摇摆摆，风扇发出机油不足的吱吱声，徐柯从飘动的红色幕布后面走出来，冲着她招了招手。

这是个年过40的中年男子，戴着灰色毛线帽，一件青色毛衣搭着牛仔裤，衣着随意却稍显年轻化。个子不高，面容有些清瘦，高耸的颧骨和深陷的脸颊形成鲜明的对比，眼神倒很柔和，睫毛极长，总体上给人一种弱小的感觉。叶素息听说徐柯排戏是出了名的严厉，光从平常模样看来，实在看不出有别于常人的地方。

"叶素息？"声音很轻，就像是他的喃喃自语。

"嗯，徐老师好。"素息表现得极其恭顺。

徐柯定睛看了看她，眼神依旧温和，后来素息知道，这是他的特点之一。让人没有防备，觉着善良。其实这是一种能力，一种良好的交际能力。并不是所有人都有这样的本事，让见第一面的人就卸下心防。

"听蔓菁说了很多你的事，我也看了你送来的小样，故事很不错。说说你的想法。"

叶素息写的是一个鬼故事。刚入大学的男生小天在学校的废弃图书馆巧遇了一个叫作小艾的女孩。小艾和小天成为了朋友，小艾告诉小天她会魔法，可以帮助小天解决很多事情。小天依靠小艾的帮助，一步步实现了愿望，最终成为了有名的导演。可是小天不知道其实小艾每运用一次法术，都是种内耗，她会变得越来越虚弱，直至魂飞魄散。终于，在最后一次为小天达成愿望之后，小艾灰飞烟灭。

"我很喜欢小艾这个角色，"徐柯坐在舞台的木质长椅上，低头抽烟，"不过，小天就太薄弱了。他的想法，他的心理，他对小艾的感情，他的索取无度和他本能里的歉疚，应该要有所拉锯，这些都要再琢磨琢磨。让剧情新颖吸引观众眼球是对的，但是基础是要让它合理起来。"

叶素息明白徐柯说得很对，她对小艾这个角色有偏爱，相对的，对其他角色的揣摩没有那么用心。她想着徐柯的建议，欣然应允。

"好的，再给我一个星期，我把它们合理化。"

"辛苦你了。"

徐柯伸手轻轻拍了拍素息瘦削的肩，素息觉得受用，并未感觉不适。

　

叶素息在图书馆待了一星期，将整个本子丰满化，取名为"曼珠沙华"。曼珠沙华又叫作彼岸花，最常见到这种花的地方是在墓地。它们有着艳红色的花苞，细长的花蕊和如同青筋的梗。传说这是死亡之路上唯一盛开的花朵。和生命的灿烂相呼应。叶素息觉得小艾配得上这个名字。

徐柯对修改后的《曼珠沙华》很满意，叶素息其实不知道他是不是真的满意。徐柯就是那样的人，好恶不形于色，他并没有对本子提出修改意见，几乎不置一词。他只是默许地交给顾蔓菁，让她告诉叶素息，明天开始选角，希望她也来参与。

　

来参加选角的人很多，他们花了半天的时间，选定了配角的人选。小艾和小天这两个角色的筛选被放在了晚上。首先要敲定的是男主角。进入最终面试的男生只有三位，从戏剧张力到声音表达能力都不错，几乎看不出什么差别。不过叶素息对其中一个叫作松允的男生，更加留心一些。她发现这个男生身上有一种特定的表情，让她觉得和小天相似。那是一种难得的天真神态。是的，在她的故事里，小天应该是天真的。有天真的欲望和天真的梦想，就连最后的一味索取都带着天真的理所应当。她觉得天真是小天最该拥有的表情，而这个叫作松允的男孩子身上，就有这种难得的孩童表情。她和徐柯的想法几乎相同，基本没有经过太多争辩，松允就获得了小天的演绎资格。

现在轮到小艾了。最先走进来的是四个姑娘，她们低声说着话，踩着整齐的步子，显得十分亲昵。接着又走进来一个女孩。她和前面四个显然是不相熟的，所以她默默地走在最后，和她们保持了足有两米的距离。这个姑娘似乎很紧张，她踩着碎步走进来，随手带上了房门。叶素息觉得那四个肩并肩站成一簇的姑娘都好美，妆容精致，衣装得体，笑容摇曳，几乎无可指摘。而最后这个姑娘呢，相比之下就逊色了不少，倒也不是说她不美，美也是美的，只是相对于这些惊艳的美，要朴素一些。很奇怪，明明她也是来争取这个角色的，却看不出过度的企图心，叫人产生一种难得的亲切感。不过，你可别小瞧了这种缺乏企图心的亲切感。它换个词应该更好理解，那就是许多演员求之不得的观众缘。有时候你会发现时下里的很多演员都生得极美。眉梢眼角都带着娇媚，一张巴掌大小的脸，即使在宽荧幕上都精巧绝伦。可是不知道为什么，她们的美，这种将美极尽发挥在一个人身上的行为，并没有让我们无可救药地喜欢他们。它甚至还引起我们这些普通人的毫不掩饰的反感。这种反感通常就叫作嫉妒—从羡慕里产生的足以毁灭一切的嫉妒。所以，你就不难发现在当今的演艺圈，能够长盛不衰的都是这样一些人。她们不是完美无缺的，她们有她们的缺点，而且这些缺点都很明显。有的矮小，有的招风耳，有的嗓音粗哑，有的嘴大，有的有雀斑，甚至有的口吃。而比起她们的优点，人们反而对她们的缺点赞叹不已。人们用最多的语言去掩护它们，赞美它们，给它们肥沃的土壤，让它们淋漓尽致地发挥。这就是所谓的缺陷美。人们认同缺陷，同情缺陷，继而赞美缺陷。这样才可获得心理平衡，十全十美才是罪，而且是原罪。最后，他们选择了这个十分具有观众缘的女孩，她叫许清。

## 2

之后《蔓珠沙华》进入了常规的彩排。叶素息并没有过度地关注过它的进度。许清后来来找过叶素息，叶素息知道，她始终是有所疑惑的。在五个人里，她并不是最突出的，功课也只是一般而已，为什么她和徐柯都一致认定了她适合演小艾这个角色。小艾是个十分难驾驭的角色，肢体语言难以把控，较多的独白，更不是第一次接触话剧表演的她就能很好展现的。许清才大一，读的是戏剧表演，需要学习琢磨的还有很多。

许清和叶素息第一次见到时候的模样并没有什么变化，只是穿得更加简朴了。她的身材和素息差不多，只是相对于素息的清瘦，稍稍胖了一些。像是罗马雕塑一般高挑坚挺的鼻梁，薄嘴唇，两腮自然地透着淡红，有点婴儿肥，白净的脸上有一些雀斑，素息觉得这些雀斑生得极好，衬着她婴儿肥的脸颊，显得更加生动。卸下紧张状态的许清有十分灿烂的笑容，冲着素息笑，露出洁白的两个小虎牙。

"我想徐柯一定告诉过你，我们选你的最大原因。"

许清点头："正是因为这样，我才更没信心。你们并不是因为我的能力而选择了，只是因为观众缘而已。"

"许清，你别小看了观众缘。它是每个演员生存的基础。其实，我和徐柯不一样，我看重它，但更看重别的。"许清没有说话，她很认真地在听。

"我记得那天面试，你是最后一个进来的。你进来的动作幅度很小，不像别人，举手投足之间带着刻意的炫耀。"许清羞涩地笑了，叶素息见状继续说道："那天来面试的人很多，每个人都很紧张，甚至可能紧张到不知如何自处。我知道你也是的。可是在那样紧张的状况下，你还是转过身去关上了房门。进出那间房间的人数不胜数，你却是唯一一个这么做了的人。在写小艾这个角色的时候，我想了很多。我在想，小艾是个怎样的姑娘。怎样的姑娘会这么无声无息地爱一个人，对一个人好，完全不在意自己，完全没有索取之心。其实，这是个美好的幻想，因为这样的人根本不存在。即使是在爱情的沸点时期，这样的人也不会存在。没有人会舍弃自身，抱着牺牲的态度去爱。小艾，是抱着这样的心情去爱小天的角色。你随手关门的动作其实很不经意，甚至没有人发现。可是你还是这么去做了。这是本能里的一种行为。你没有像其他人一样，急于站到最显眼的位子，也没有展示过刻意的热络。在某一方面，你和小艾是相似的。我看重你和角色的这些共通之处。所以你要相信，你和她们不一样。只要照着你理解的样子去演就可以了。你会是最好的小艾，没有人比你更合适。"

《曼珠沙华》的公演很成功，叶素息觉得徐柯将这个故事演绎得很好，甚至超出了她的意料，总之比她的文字要好。许清和松允的表演，也得到了所有人的肯定。徐柯在致感谢词的时候说要将《曼珠沙华》从校园带出去，将它推送到各地。叶素息其实不在意自己的剧本会不会被更多的人知晓，她只是有些不明白徐柯的打算。如果他早就做好了要做新剧的准备，为什么要来他们这样的学校，找这样一群初出茅庐的小孩来做这样一场戏，失败了怎么办，成功了又如何。

徐柯带着《曼珠沙华》的团队在全国进行了长达两个月的巡演，

演出大获成功。剧好看自然不必说，吸引眼球最重要的一点则来自这样一支年轻的队伍，一个第一次写剧本的编剧，一群第一次站在舞台上的话剧演员，一座备受争议的新式学院。徐柯终于又一次重新站在了众人瞩目的地方。

　　过了元旦，徐柯带着巡演队伍回校，第一个找的人就是叶素息。他约叶素息在南京知名的饭店吃饭。以为是众人欢聚的庆功宴，结果却是两人单独的会面。不知道为什么，叶素息觉得今天坐在对面的男人和往常有些不同。他看她的眼神如此不同，那并不是老师看学生的眼神，而是男人看女人的。

　　"你来啦，坐吧。"徐柯声音温柔，和平时的音调有着反差。

　　叶素息应声坐下，喝了一口手边的茶水，没有说话。

　　"想吃什么，这里的甜点做得很不错。"

　　素息觉得徐柯似乎将她视为了爱吃糖果的小孩。于是她打开菜单，点了一份海鲜焗饭和抹茶慕斯。是小朋友爱吃的东西，和别人并没有不同。

　　"徐老师，您找我有什么事吗？"叶素息表现得很恭顺。

　　"没事就不能找你了？你不是我的下属，我们是朋友，朋友偶尔出来喝点东西，也是可以吧？"

　　叶素息一时不知该如何应对，只得下意识地点了点头。然后，徐柯的手没有任何征兆地伸了过来。他将叶素息拿着茶杯的手握住，将它们轻轻握在掌心来回翻看。叶素息觉得徐柯的手，和唐蒔彦的不同，和骆胤的也不同。他的手是粗糙的，干扁的，像枯枝一般扎人，它即使力道温柔，像在把玩一件易碎的瓷器一样握着她的手，素息依旧觉得硌得慌。把玩，叶素息的脑子里忽然不受控制地蹿出这样一个字眼儿，这个字眼儿一出来，就让她觉得胸口一阵恶心。于是她用力从对面男人的手里抽出手来。

"今天你还回学校吗？"徐柯沉默了一会儿，清了清喉咙用同样柔软的语调开口，近乎哀求。

叶素息没有料到徐柯竟会如此直白地发问，或者是她没有想到对于她来说如此隐晦的邀请，在他这里，竟然如此堂而皇之地就可以说出来。想来，对他们这些人来说，这件事，实在是太稀松平常了。有多少像她一般初出茅庐的姑娘，接受过这样赤裸的邀请呢？素息在心里盘算着。

"我要回去的，今天我们还有一个学生例会要开。"

徐柯对叶素息的回答并未感到意外，他只是稍稍顿了顿，拿起手边的咖啡，优雅地喝了一口，忽然换了话题。

"其实，今天找你来，是因为华茂影业想要投资拍摄一部新电影，准备进军国际，他们希望我来做导演，有没有兴趣写个故事？"

叶素息没有说话，她知道，她现在说什么都显得多余。她必须让徐柯把戏演完。对面的男人看了她一眼，显然有了极强的自信心：

"不过，你也知道你还这么年轻，他们也给我推荐了几个资深的编剧。可是，素息，我还是更属意你的。"

叶素息觉得徐柯在说这些话的时候，就像个下蛊高手，他言辞凿凿地许诺你的未来，为你描画前程，让你相信一步登天并非难事，只要你愿意与他等价交换。徐柯一边这样说着，一边又伸出手来。叶素息本能地往后一缩，徐柯抓了个空，脸有尴尬，却隐忍着仍未发作。

"徐老师，如果没有什么重要的事情，我就先走了。例会迟到总是不好。"

"既然要回去，为什么要来？"徐柯的音调变了，带着几分尖酸和刻薄，就像她浪费了他原本珍贵的时间。

叶素息到了这个时候，才终于明白过来这次约会的含义。原来，在这个圈子里，或者是许多数不胜数的圈子里，在这个你刻意逃避却不得不投身其中的成人社会里，你答应了赴约，便表示了某种默许。她依旧是太过天真了一些的，天真地以为人与人之间存在一些剔除掉利益关系之外的情谊。她以为她同徐柯的关系属于同道中人的惺惺相惜，以为她被看重的原因是她的才华惊为天人。徐柯从茫茫人海里挑出了她，她的本子完美无缺。其实真相是什么呢？真相是她叶素息只不过是一个普通的不能再普通的有点小姿色的做着不切实际编剧梦的小姑娘。徐柯看上的，也只不过是这点小姿色而已。才华？才华是堆不值一文的狗屎！

叶素息从饭店出来。她站在饭店门口的十字路口等红绿灯准备过马路。南京1月的严冬，冷风凛冽，冰凉刺骨地刮进领口，她双手相抱，瑟瑟发着抖。川流不息的车来来回回，像一群寻不到回家的路的游鱼。车里的人们透过蓝色的玻璃，模糊的面容印在窗口，辨认不清性别。"他们肯定不知道外面究竟有多冷。"叶素息心里这样想着。打着绚烂尾灯的车流，明亮的远灯将停着等车的陌生路人照得脸色发白。红灯终于过去，素息同白得面无血色的人群一起，迅速穿过马路朝地铁口走去。

她觉得刚刚她的表现逊极了。她应该表现得更加勇敢，她应该拿起咖啡，一把泼到徐柯脸上。她应该站在饭店的门口，对着徐柯破口大骂。她应该回敬他，我来是因为我敬重你，我从没想过你们的行规是如此肮脏。如果我要依靠这样的手段上位，你，还不够资格陪我睡！对，她应该这么说才对。可是她没有。她还是那么软弱，永远无法对伤害予以激烈的反击。想要落泪的冲动，是突发的，没有任何征兆，也没有什么明晰的缘由。叶素息觉得她似乎很久没有这样号啕大哭过了，尤其是在众目睽睽之下。可是这个时候，她好像也并不在乎了。她任凭经过她身边的行人对她指指点点，对她妄加揣测，她都不管了。她只想痛快地哭一场。

　　她给唐莳彦打了电话。他们在市区的一家麦当劳里见了面。唐莳彦冲进麦当劳店面的推门，紧张的神情就好像到了世界末日。这样的神情，让叶素息原本平复的情绪再度崩溃。趴在唐莳彦怀里哭泣的那个时刻，叶素息不得不承认，身边这个拥有宽厚胸膛的男孩子带给她的改变是巨大的。他似乎让她变得比任何时候都要软弱，总是没来由地哭泣，很容易就被沮丧的情绪所打败。她这三年流的眼泪比她这二十年来流的总和都要多得多。这是件多么可怕的事情。

　　叶素息知道这意味着什么。

　　如果你也遇见了让你变得软弱的人，那么，你肯定爱他。

### 3

　　谣言来得很快。不出一星期，整个学校都在传叶素息和徐柯的事情。自然，在这个故事里，叶素息讨不到半点好处。她是个勾引大导演不成的小编剧。在这个故事里，徐柯是故事里的角色还是这个故事的导演，叶素息不想追究。徐柯后来还是接了那个他跟叶素息说的电影，当然大获成功，还得了奖，他终于从话剧界一举跨进了影视界。对于这些传言，叶素息从来不在意也没有想过解释，她觉得懂她的人，会愿意相信她，就像韶青楚和宋喜宝，而那些对她没有任何认知，却将没有的事情说得头头是道的人，她根本不愿意理会。骆胤也从未问过这件事，素息将它理解为相信。解释，这个词她从来不喜欢。素息一直想，如果换作现在的她，她一定会解释的，即使对方不问。现在她明白了不问和信任没有关系，不问有时候只是所谓的自尊心作祟。我不愿意像个无知妇孺一样，对流言蜚语捕风捉影，可是这并不表示我愿意相信你，我只是骄傲而已。当年的骆胤，就是如此。

那是放寒假的前一晚，她约了屋里的丫头们外加许清一起吃饭，没吃几口叶素息就接到骆胤的电话。骆胤电话里的声音带着强烈的醉意，素息想他应该喝了不少酒。她和韶青楚交代了一声，就赶去了骆胤的宿舍。

叶素息到宿舍的时候，宿舍的门开着，她推开门，发现客厅空无一人，于是又喊了两声，依旧没有人应答。她觉得有些奇怪，于是朝着房间走去。屋子里很暗，没有开灯，也没有开窗，厚厚的杏色窗帘垂着，外头路灯的微光从细缝里隐约透进来。骆胤就这么一个人拿着啤酒瘫坐窗边。叶素息朝他走过去，踢倒了横在脚边的空酒罐。听见酒罐倒地的声音，坐在墙角一动不动的男孩子似乎有些醒了。他抬了抬头，半眯着眼看着叶素息，因为实在太暗了，看不清神情。

"小息？"

"嗯，是我。"

"你怎么来了？"

"是你叫我来的。"

骆胤努力揉了揉脑袋，试图站起来，"是吗？我叫你来的？我怎么都不记得了。"

叶素息蹲下来，想要帮骆胤站起来，却被他轻轻地抱进了怀里。

叶素息任由骆胤抱着，双手轻轻拍打着他的后背，就像小的时候外婆哄她睡觉时一样。

"我来了，是我，是我。"

良久，骆胤终于放开了她，于是素息顺势将他搀扶到座位上。

骆胤似乎累极了，他软绵绵地趴在桌前，喘着粗气。叶素息从水壶里倒来热水递给他。

"来，喝点热的，会舒服很多。一个人喝酒做什么。"

骆胤用手撑着自己沉重的脑袋，接过叶素息手里的水杯，喝了一口水，只觉得头疼得厉害，让他无法思索到更好的询问方式，于是他想也没想就开了口：

"你和徐柯睡了没？"

叶素息起初以为是自己听错了，她站在原地，呆滞了近乎 10 秒钟。

"没有。"

对面的男孩听见她的回答，像是条件反射似的点了点头："那好，没事了。"

"你打电话叫我来，就是为了问这个？"见对面的男孩没有回话，叶素息的心里忽然一阵莫名的恼怒。

"我说没有，你就信了？"

骆胤的脸上露出茫然的神情，眼里满是挫败，那是叶素息从未看过的表情。那种从心底里涌出来的无力感通通写在了那张原本刚毅的脸上。他看着对面的女孩，像是在回答，又像是在喃喃自语：

"我信，我可以不信吗？你说的话，我什么时候不信过。你说的每句话我都相信，即使是假的，我也让自己相信，我信，我信，我他妈的全信！"骆胤说到这里，忽然猛地站起来，将手里的玻璃杯狠狠摔在了地上。滚烫的水飞溅出来，溅到他们的脚上，素息觉得那种疼痛就像是被无数根针轻扎。

"你和唐莳彦睡过没？"

"你，你说什么？"

叶素息禁不住向后退了几步，骆胤见状，一把拉住了企图逃跑的女孩："怎么？这回心虚了？你们不是一起去的成都吗？有胆子一起去，为什么没胆子承认？！峨眉你们也是一起去的吧？这个护身符，想必也是他替我挑的。"

骆胤从口袋里掏出护身符扔在了地上。黄色的锡纸被地上的水渍一泡，就渗出黄水来。


"对不起。"叶素息看着护身符在污水里一点点散开，觉得有什么东西在心里也跟着散开了。

骆胤猛地听见叶素息的道歉，原本义正词严的脸上忽然闪过一丝痛楚。那样的痛楚让他整个五官扭曲在了一起。叶素息觉得眼前的男孩浑身因为愤怒正在发着抖。他猛地朝她扑过来，一下子就将她按倒在地。素息觉得骆胤的整个身子都压在了她身上，压得她喘不上气来。

"小息，我不要听这三个字，我不是为了等这三个字啊，你知不知道？"

骆胤的吻，那么霸道又热烈，他吻着她的脸，她的脖颈，她紧闭的嘴唇。叶素息吓坏了，她试图挣扎着从地上坐起来，双手双脚却被骆胤牢牢地夹在了身下。骆胤的手已经开始解她的衣扣了，她感觉到了顶在腹部的某个东西，那并不是像针一般绵细的东西。

"骆胤，骆胤，你让我起来，骆胤。"
"小息，我信你，你说什么我都信，你现在连骗我都不愿意了吗？"
"骆胤，你听我说，我没有，我没有，我没有……"

叶素息被骆胤抱得几乎无法呼吸，她觉得花岗岩的地板冰凉彻骨，骆胤的身体却炙烈滚烫，她终于意识到此时辩驳已经失去了作用，眼前的男孩早被欲望撩勾，完全丧失了自控力。于是她开始拼劲全力挣扎，她狠狠地咬他的肩膀，抓他的脊背，用脚踹他的肚子。可是眼前的男孩就像钉子一样，牢牢钉在了她身上。他感觉不到疼痛，只想进入她的身体。

"小息，你是我的，只能是我的，你知道吗？"
叶素息觉得有什么东西猛地扎了进来，将她整个人撕裂了。
"小息，你为什么不愿意说爱我，为什么总说我知道？"
眼前男孩的面容清晰，连他皱眉的纹路，喘息的节奏，她都能看得见也能听得到。叶素息忽然想起了小时候她帮外婆捣蒜的画面，她一下一下用力敲击着石锅里的几瓣白花花的蒜头，直到将它们捣成蒜泥。石锅和木棒相撞，发出清脆的声响。啪嗒啪嗒，在空旷的院子里，回声巨大。

叶素息终于闭上了眼睛，她觉得她好像做了个很长很长的梦，梦里她在爸爸妈妈的簇拥里，坐着轿车，雀跃地从枫树秃离开。车子颠簸摇晃，向着新世界一路狂奔。

"外婆，我好想你。"

④

韶青楚一直记得那天她同唐莳彦推门走进骆胤宿舍的场景。她觉得那个场景第一眼望过去就像个简易的话剧排练场，到处都是啤酒罐，追光灯打着双双横躺在地板上的两个人。叶素息和骆胤两个就这么各自朝着不同的方向躺着，像两个精疲力竭的演员。

屋里很暗，她看不清横躺着的两个人究竟出了什么事，于是她想去开墙边的灯，却被躺在那儿的叶素息阻止。

"青楚，不要开灯。"

"素息，你，你没事吧。"

韶青楚觉得叶素息的声音低沉虚弱，就像经过了一场战争。

"你过来，扶我起来。"韶青楚摸黑朝着素息走过去，险些被脚边横七竖八的酒瓶子绊倒。她终于走到素息身边，蹲下来一伸手就触到了她冰凉的皮肤。

"她没有穿衣服？"韶青楚在心里判断着，她心下大惊，强忍住惶恐，随手抓起旁边的衣服胡乱遮在赤裸着身子的女孩身上。她将叶素息一点点扶起来，只觉得身边的这个女孩轻极了，似乎完全没有了筋骨，叶素息整个人像是被打散了组织，好似藤蔓一般，攀附在她身上，呼吸轻柔，似乎每吸一口气，都要花费掉浑身仅存的些微力气。

"叶素息，你没事吧？"随后赶到的唐葑彦冲进房间，想要朝着缓缓站起来的女孩走去，素息下意识地向后退了一大步。

"你别过来！"她说话的声调高极了，就像如果她不这么大声，就阻止不了眼前男孩大踏步的脚步。唐葑彦知道，肯定出了什么事。他不由分说地开了墙边的灯。

整个屋子登时亮了。叶素息衣衫不整地被韶青楚扶着，唇边有血渍，身上有瘀青，头发垂下来，几乎遮住了全部的面容。素息没有料到他会开灯，她惊叫一声，整个人蹲了下来。

"你对她做了什么？！"唐葑彦朝着呆坐在地上的骆胤猛得扑了过去。骆胤任由唐葑彦的拳头在自己的身上发出空洞的回响。他没有挣扎也没有回击，他只是怔怔地看着不远处那摊嫣红的血渍，流下泪来。

"这下，你信了吧。"

叶素息的声音微弱缥缈，听在骆胤耳里，就像从海上飘过来的回音让骆胤打了个寒噤。

"你是不是疯了！你在做什么你知不知道，你怎么可以这么对她！"唐葑彦将瘫倒的骆胤从地上拉起来，一把推倒在桌上。

叶素息在韶青楚的搀扶下，慢慢走出男生宿舍，她觉得两脚虚空，痛感已经不在了，可是痛感滞留在脑海里的记忆却越加深刻起来。她扶着青楚的手有些颤抖，她知道唐葑彦一直就跟在她们后面，在五米之内的地方。她知道他一直就默默走在后面，眼睛一直没有从她身上挪开过一寸。可是，她无法转过身去和他说话，无法告诉他，她没事，无法像以前一样，假装无碍，搪塞过去。无法再轻而易举地笑出来，说些无关痛痒的话，好叫他放心，好叫他的歉疚减退几分。她现在没有这样的能力，她觉得今天，似乎已经是忍耐的极限了。

"素息。"身后的男孩终于忍受不了这样的沉默和距离，赶了上来，"回答我一句。"

"回答你什么？你想听到哪一句？我没事，我很好，我不难过，你回去吧，不用担心。"叶素息觉得自己的声音有些颤抖，带着些许神经质的高亢，"你想听到这些对不对？可是，怎么办，我说不出口。"

唐莳彦的手原本想要搭在眼前女孩的肩上，他想要给她安慰。可是，却明显感觉到了叶素息尖利的抗击。于是他缩回手，直挺挺地站在那里，第一次觉得束手无策。

"莳彦，我们在一起好不好？"

"什么？"

"我说，我们在一起。"叶素息站在唐莳彦身前，仰着头，脸上的泪痕还没有褪去，她伸出手，拉着来人的长衫，语气近乎恳求："我谁也骗不了，我骗不了顾蔓菁，骗不了骆胤，我甚至连我自己都骗不了。你说，我好像什么都知道，却又好像什么都不知道。你说你不知道拿我怎么办才好。可是，现在，没有这样的问题了，不是吗？我现在这副模样，就，就根本不存在什么问题了。我们在一起好不好？我不想一直这样，我受不了，受不了了！"

叶素息拉着唐莳彦的衣角，像个疯狂想要糖果的孩子。她不知道她究竟是怎么了，她只是觉得她的一些筹码不见了。她在他眼里的纯净，她在他眼里的骄傲，她在他眼里的完美，通通都在刚才烟消云散了。她那么害怕，害怕唐莳彦不再要她，不再爱她，不再在她身边投以关切的眼光。她那么害怕失去。失去这个词让她不惜放弃隐忍，放弃自尊，放弃独立，放弃她固守的坚持，她放弃她自己本来的模样，在他面前，变得如此卑微和孱弱，在他们的拉锯战里，她第一次败下阵来。

可是唐莳彦呢，他似乎是吓到了，这是他从未看过的叶素息。那么弱小，那么卑微，眼里有着痴狂。他忽然开始反省他同这个女孩之间的关系。他原本想给她温暖的光亮，原本想给予她最好的保护。可是，这几年里，他究竟给予了她什么呢？他让她忍受孤寂，一个人面对困苦，他甚至还让她待在一个近乎完全陌生的男孩身边。

他让她比一开始更糟糕了。

"素息，对不起。"唐莳彦沉默良久，从嘴里说出了这样三个字。

叶素息一直觉得，这世间情人之间最伤人的话语，不是我恨你，我不再爱你，我们分手吧，而是这句对不起。从人类心底涌出来的这句饱含无奈充满歉疚的对不起。对不起，它带着太多的无能为力与怯懦。它是最沮丧之时的呓语，是最悲哀时的颂歌，是对命运俯首称臣的号角。她忽然觉得自己有些可笑，她是谁，她现在这副模样是做给谁看？她如此卑微地站在这里，企图倚靠别人的怜悯来得到爱情。可是，施舍来的东西，又有什么意义？它们怎么来的，也照样会怎么去，不是吗？于是，她渐渐松开了来人的衣角，没有抬头看唐莳彦一眼，倚靠着青楚，往宿舍里走去。

第二天，叶素息起得很早，她没和屋里的两个丫头道别，就收拾了几件衣物，坐上了回家的火车。想回家，是她今天早上睁开眼睛最想做的事，她忽然疯狂地想念坞瑶，她想去看看多年未见的外婆，心情极度迫切。

火车穿出南京火车站的白高墙，一路向西。叶素息在回程的路上给家里打了电话，不知道是不是错觉，她竟听出了母亲言语里的惊喜。14个小时的车程，总共接了4个电话。依次是韶青楚、宋喜宝、许清。骆胤是最后一个。

"喂，小息，是我。"

"嗯，什么事？"

"她们说你回家了？"

"对，现在在火车上。"

"哦，那你路上小心。"

"好的，知道了。"

说完了社交语言后，她和骆胤都陷入了沉默。素息觉得电话那头安静极了，甚至听不见呼吸。

"骆胤，我们，分手吧。"

叶素息说完这句话后，就挂断了电话。

后来叶素息给骆胤发去了一条极长的简讯，她觉得她有义务告诉他，他不欠她什么，同她给他带来的伤害比起来。

骆胤，你有听过海葵和海葵鱼的故事吗？海葵有毒，让所有的鱼类敬而远之，而海葵鱼呢，它有着天然的抗体，它在海葵的身上栖息，繁衍，替海葵驱赶异类。它们天生就是一对伴侣。它们无法脱离对方，独自苟活。有时候，我那么羡慕它们。因为它们互相知晓彼此的缺失，却又依赖着彼此的缺失生存。它们是海底的异类，不受待见，却真正意义上地拥有彼此。骆胤，你是那么健康快乐，所以你永远不可能是我的海葵鱼。找个善良纯真的姑娘，好好谈场像模像样的恋爱。你幸福，我也会连带着幸福。

"你幸福，我也会连带着幸福。"这是叶素息这辈子，说过的最善良的话。

Chapter 10

最好的旅程是有所投奔

1

破天荒地，下了火车，父亲竟然来丽溯接自己。叶和在驾驶座上开着车，素息坐在父亲身边。叶和开车是极其认真的，从小到大，一直是这样。素息转过头去看着她的父亲，这个她一年半未见的亲人。叶和抿着他薄薄的嘴，双眼直视前方，身子直挺挺地坐着。他们没有人开口说话，谁也不知道应该说些什么。叶素息本能里觉得应该说些什么，随便说点什么都好，也比这样一路无言的要好一些。

"我想过几天回枫树秃。"

父亲的眼里似乎有着诧异，不过并未表现出来。

"好，过几天我们一起回去，你也好久没去老家看看了，舅舅他们都挺想你的。"

"我想去看看外婆。"

"好。"

回家的第三天，他们举家回了枫树秃。这是素息自外婆过世后，第一次回来。家里为了迎接他们三人，准备了丰盛的团圆宴。素息和表弟表妹们依旧显得很生疏。是的，他们和她比起来太小了，她的孩童记忆里并没有他们。现在大家都长大了，反倒再也熟络不起来了。

叶素息是怕这样亲人团聚似的大场面的。她无法表现得亲昵，即使对这个家有难以言说的亲近感，却也是不擅表达的。午饭过后，素息独自去了后山，外婆的坟墓就在那里。

外婆在叶素息念初中时过世。她上山砍柴失足跌落，送到坞瑶医院的时候，为时已晚。外婆死得很突然，事前没有一点征兆。他们一家人谁也没有梦见过什么。素息对于外婆感情的认知来得很晚。她从来觉得外婆不喜爱她。外婆对她严厉苛刻，粗手粗脚。她觉得外婆只是碍于母亲的情面，才将她放在身边抚养。她不喜欢外婆，不喜欢枫树秃，不喜欢这里泥泞的土地和怎么割都割不完的稻子。她从读小学开始就再也没有回来过这里，直到外婆过世。

叶素息觉得今天的山路出奇难走，记忆里原本宽阔的步行道已没了踪影。两旁的树木枝叶茂密，挡住了前行的道路。映山红却开得美极了。满山满野，红白相间，远远看去，像是一道道的浪花，簇簇团团，层层叠叠。素息采了满满一把，她记得以前她跟着外婆来山里挖笋，外婆也是这样，采上一把，带回家插在门头。

"外婆，是我，小息。"


叶素息将映山红插在墓碑前面，静静地站着。她记得那时候，她也是像现在这样，这么静静地站着。舅舅，阿姨，包括母亲，他们都跪在前面，哭声不绝于耳，元宝冥钱烧了许多许多，还烧了一座纸糊的房子。黑色的烟，在坟头袅袅地升着，被风带着一阵阵往素息的脸上吹。素息觉得前面穿着素衣的人们和她一点关系都没有。他们是谁，他们凭什么跪在这里哭，他们又在哭些什么？黑色的烟呛得她止不住咳嗽，她不停地咳，直咳得流出了眼泪。

"外婆，我过得很好，交了很多好朋友。对了，她们都说你做的睡衣，我穿起来好看得很。"

叶素息伸手，摸了摸冰凉的墓碑，蹲下来开始一点点拔着地上的杂草。

外婆年轻的时候是村里最美的姑娘，嫁给了村里最富有的地主。生了6个孩子，母亲排行老三。外公在素息出生的时候，就已经过世了。所以对于外公，素息是没有印象的。外婆逝世的时候，并没有遗嘱，财产有独栋的砖瓦房一座，三个茶园和几十亩的农田，外加一个指明要给素息的包裹。包裹里装着的，就是那些同一款式不同大小，从十岁一直到二十岁的蓝印花布手工睡衣。素息记得自己抱着那些衣服，坐在灶台旁，哭了整整一夜。她到现在都不明白，人类表达爱的方式为何会如此笨拙，笨拙到让人与人之间产生误解。为什么有些疼爱，如何都说不出口，即使只要简单地说一句话，做一个手势，给一个眼神。让对方知晓，你对她的真实感情，为什么会如此艰难？

外婆的财产进行了平均分配。从房子的归属到农田的掌管，你一分我一厘，谁也吃不得亏。母亲似乎得了一个茶园，其实素息知道她拿来也是无用，可是，即使无用，也是要握在手里才对。外婆珍藏的首饰也被大舅妈翻了出来。金镯子四副，金丝绿玛瑙戒指一枚，老银簪子五支，珍珠耳环两对。素息得了一副金镯子和一支银簪。

死亡，是件特别残忍也特别幸运的事。它让你同这个世界彻底断了联系，你爱的人，爱你的人，再也无法相见。可是，它也让你不必看见这世界的冷酷，你带走的，只有人们对于你的不舍和眷恋，你永远也不必知道，你走之后，现世是如何将你理智解剖，冷静分尸的。

"外婆，告诉你个好消息，我有了喜欢的人，我不再孤单了。"

2

接到顾蔓菁的电话，那天是元宵节。叶素息他们一家人吃了饺子，自己做的皮和馅儿。坞瑶的夜色很沉，乌云厚重，看不见星星，月亮也被遮蔽在空中。整座山城在浓浓的夜色里像个阴沉沉的发了霉的馒头。他们吃完饭来到顶层放烟火。021 打头的座机号码在屏幕上亮着，叶素息觉得号码陌生，迟疑了好一会儿才接。

"喂，是素息吗？"

此时叶和已经燃起第一根烟花，她将烟花棒交给父亲，站起来捂着另一只耳朵大声回道：

"是的，你是哪位？"

"是我。顾蔓菁。"

"什么？不好意思，我这边有点吵。"

"顾蔓菁。"

叶素息终于听清了来电人的名字，这样的节日里，这并非是个让人高兴的名字。

"学姐，找我有事？"素息回到屋子，提醒自己保持友好。

"你，你现在有时间吗？我有点事想和你说。"

"嗯，是什么事？"

顾蔓菁有些欲言又止，似乎费了好大的劲儿才说出下面的话：

"你和葑彦一起去成都的事，是我告诉骆胤的。"

自从事情发生之后，这段时间叶素息从未回头去回忆过任何一个细节。她不敢去想，也不愿意去想，她总是一味欺瞒自己，觉得不见到他们，不回忆，就可以当作并未发生。所以，当顾蔓菁忽然跟她说这件事的时候，她并没有想好该怎么回答，也没有想好该用怎样的情绪来应对。

"我看见了他的机票。当时，真的气极了，说是一时失控，说是嫉妒，说是愤怒，说是什么都好。我跑过去告诉了骆胤。我告诉他管好自己的女朋友。可是我并没有想到会发生那样的事。我真的没有想到他会伤害你，我真的没想过。他平时对你那么好，我以为他不会伤害你。"

叶素息听得出来，电话那头的女孩子在抽泣，叶素息觉得她可能会晕过去，想要开口打断她的自白，脑子却转得很慢，就像罐了铊在里面。渐渐地，啜泣变得激烈，顾蔓菁的号啕大哭让她害怕。在那样野兽般的哭声里，叶素息不得不开始回忆那晚发生的事。骆胤因为愤怒而狰狞的脸，身体被强行进入的痛楚，唐葑彦站在她面前说对不起的眼神，恐慌而无力。她忽然也跟着电话那头的女孩一起哭了起来。起初是隐忍的，小心的，继而是疯狂的。

顾蔓菁挂电话的时候，告诉叶素息，唐葑彦和她提出了分手。

叶素息用近乎颤抖的手拨通了唐葑彦的电话，唐葑彦接得很快。

"素息。"

"你在哪儿？"

"来找你的路上。"

泪水不受控制地落下来："在那儿等我。"


最好的旅程是怎样的呢，不是沿途风景秀美壮丽，而是不论前路有几多崎岖，你一直知道有终点可以投奔。那里有洁净的被褥，温暖的灯火，干燥的鞋袜，朴素的晚餐；紧实的拥抱，宽厚的臂膀，温润的笑容。无论你到得有多晚，他们一直都在，从清晨到日暮，从未离开，也从未想过将你放弃。

从丽溆到杭州需要8个小时的车程，从北京到杭州需要14个小时的车程。他们就这样各自坐着火车，往着共同的地点，一路狂奔。素息想，那个时候，他们就是彼此投奔的臂膀，笑容和拥抱。

列车在杭州城站停靠，叶素息拖着行李箱走下来。无数的行人推推搡搡鱼贯而出，素息被挤得有些踉跄。可是她那么迫切，她知道唐莳彦就在不远处的月台，她要见到他，她要一头扑进他的怀里，将头埋在里面，叫着他的名字，她要听见他的回应。走在她前面的中年男子身材健硕，他一手拖着一个巨大的行李箱，另一边拎着几个礼盒。那些礼盒体积庞大，拍打着他的腿部，让他走得更慢了。叶素息不耐地跟在后头，恨不得将前面的人一脚踹下楼梯。她高高地踮起脚尖，伸长了脖子，在月台上来回寻找着唐莳彦的身影。只花了几秒钟，她就在人潮攒动的大厅里，看见了同样左顾右盼的男孩。她兴奋地跳起来，冲着远处的人不断挥舞着手臂，大声叫着他的名字。吓了走在前面的男人一跳。唐莳彦也看见了她。于是他朝着素息走过去。

入夜的杭州，和南京很不相同。它没有怎么走都走不到尽头的柏油马路，也没有成都的泼皮市井。在街头散步的人不算多，也不算少。他们走得不算快，也不算慢。彼此并肩而行的距离，不算远，也不算近。街边的霓虹，光影柔和，同运河悠远的河水，交相呼应。即使遇到拥挤的下班高峰期，这里的鸣笛声也是极弱极少的。这是个恰到好处的城市。恰到好处的精致，恰到好处的热闹，恰到好处的闲逸，恰到好处的匆忙。素息觉得杭州给人一种十分宽松的包容感。它用它特有的江南水气，让你随着它一并沉淀下来。

当然，现在回想起来，她对杭州的好感，更多的来源于爱情催化而出的苯基乙胺，在恋爱中的男女，想必看什么都是欢喜的。再丑的都是美的，再坏的都是好的。更何况，杭州，本身就是一个十分不错的城市。

那些天他们并肩去逛掌灯的西湖，一遍又一遍，乐此不疲。宝石山星光点点，好似银河，西湖波平如水，掩映着灯火阑珊，水天一线，半分两界。他们第一次和其他的情侣一样，买情侣座，去看夜场电影。电影院空寂无人，他们紧挨着靠在一起，唐莳彦的双手环抱着她的肩，让她靠在他肩头，几个小时都不觉疲惫。他们也去逛很有名的吴山夜市，淘些稀奇古怪的东西，吃很多各色各样的零嘴。夜市的人多得数不胜数，唐莳彦总是走在前面，替她阻隔掉人流，牢牢抓着她的手。叶素息觉得唐莳彦将她抓得那么紧，似乎害怕一松手，他们就会散落在这个陌生城市的某个街头，然后再也遇不见对方。

到了晚上，他们就互相拥抱着躺在一起，更多的时候当然是一遍遍地做爱。人的欲望是很奇怪的又显得那么理所当然。它像是动物对于身体饥渴的本能诉求。以前，这样的欲望从未出现在叶素息身上，可现在她却变得积极甚至疯狂。你怎么表达你对一个人的爱，语言显得贫乏造作，而做爱可以表达它们。我的眼是你的，手是你的，鼻子是你的，脖颈是你的，肩膀是你的，心是你的，阴道是你的，心肝脾肺，每一口呼吸，每一寸肌肤，每一根毛发，甚至是毛细血管里流淌的每一滴血液，都是你的。于是，我想把我整个儿人一并给你，我想将你吞噬，或者是被你吞噬。反正怎么样都好，我们要像泥土一样，被揉捏成一个人才行。对，这就是叶素息的欲望。这就是她对于唐莳彦的欲望。

"素息，你是素息吗？"

唐莳彦怀抱着眼前的女孩，她赤裸着身体，眼神炽烈，艳红的嘴亲吻着他的手掌，额前的汗珠涔涔而下，她是那么鲜活、激烈，甚至是疯狂。她和素日寡淡的女孩截然不同。原来，这个女孩身上的力量那么滂沱，倾泻而出，足以将他吞噬。

**3**

再一次踏上南京的土地，叶素息的心里不能说不觉得害怕。出租车离学校越来越近，她的身子变得冰凉。人是一种很奇怪的动物，他们对危机感从来有着强烈的直觉。因为这样的直觉，让他们在危险临近的时候，选择躲避伤害。所以大部分的情况是这样的——矛盾一直未得到解决，只是得到了长期拖延。人们总觉得所谓的矛盾，所谓的伤痛，那些怎么都过不去的坎，刻骨铭心的记忆，可以通过时间来抵消。总觉得时间久了，它们便会像水蒸气一样，蒸发殆尽。而事实又如何呢？事实是这样的——时间一点点累积起来，将原本只是一粒种子的琐碎，破土萌芽成参天林木，人们最终作茧自缚。你以为过得去的东西，远不会过去。它们一直在远处张开爪牙等着你，想躲，门儿也没有。

叶素息拖着行李箱走下出租车，猛然觉得眼前伟岸的红色建筑像个牢笼，它阴森、有某些不好的回忆，她要是一走进去，就再也不会如现在这般幸福了。脑海里关于骆胤的记忆，顾蔓菁的记忆，被顷刻间搬到了眼前。他们叫她瞬间失掉了勇气。她有些胆怯地站在那里，腿脚不由自主地向后退去。

"别害怕。"唐莳彦贴着她的耳朵，说了一句，随即抓起她的手，用力握了握，似在传达某种鼓舞。

叶素息觉得有好多好多的眼睛，在看着自己。那些眼神，带着猜疑、困惑、探究以及无法掩饰的幸灾乐祸，感受到了眼神里的不友善，这让她浑身汗毛直立。她下意识地想要缩回被唐莳彦拽着的手，唐莳彦却将它们握得更紧。叶素息忽然发现自己似乎不敢以前勇敢了。以前的她，从不在意这些眼神，她甚至可以抬起头，以某种冷冽的态度回敬它们。她可以对它们漠视与回击。可是现在，她好像做不到了。她猛然意识到，她依赖着身边的人的庇护，她倚仗着他的勇气。她没了任何攻击力，甚至连基本的防御都要假手他人。唐莳彦将她从原本无所性别的动物变成了一个软弱的女人。他将她打回了原形。

爱情，真的是一剂魔药，它让你沉醉其中，让你分不清是非和方向，甚至让你退回到进化的最初阶段。武装盔甲尽数销毁，赤裸着身体，迎接这个世界随时会到来的审判。

叶素息和唐莳彦公开关系，是学校里一件不小的事。揣测的声音，不绝于耳，好听的，难听的都有。开学将近半月，叶素息都没有看见过顾蔓菁，据说她因为身体不适，请了长假在家休养，什么时候回学校还是个未知数。而骆胤和他们的相处，要比想象中好许多。见面的时候，他们会打招呼，简单地点头微笑，说一两句寒暄的话，就像第一年刚认识的时候那样。

再次有顾蔓菁的消息，是在一个月后。那天，叶莎来找叶素息，给她看了一段视频，视频里的女孩倚靠在白色的病房白色的床榻上，消瘦、苍白、神情迷茫，那是顾蔓菁，叶素息一眼就认了出来。叶素息只匆匆看了一眼，就迫切地移开目光，她不愿看到顾漫菁这个样子，她不想知道对方过得好不好，她一点都不想。

"她得了厌食症，有轻微的抑郁症。现在的情况很糟糕。"叶莎收回手机说道。

"为什么给我看？"叶素息有些恼怒，因为她知道叶莎为什么要这样做。

"我和她的主治医生聊过了，我们都觉得唐莳彦去趟北京可能会有助于她的病情。"

"那你们和他说啊，为什么和我说。"叶素息的心脏跳得很厉害。

这是叶莎第一次以苛责的眼神看她，叶素息被那样的眼神刺得浑身疼。这样的眼神，自从她回来之后，几乎天天见，但，叶莎的却让她觉得特别难以忽略。

"素息，我知道，在你们这个真爱至上的年纪，觉得两个相爱的人在一起是最重要的事。感情里的确也没有谁对谁错。但，没有错并不表示不会给别人带来伤害。你和唐莳彦相爱没有错，但，顾蔓菁难道是有错的那个人吗？如果你们没有错，她又何错之有呢？她唯一的错，大概就是太脆弱了，太把爱情当回事了，不是吗？"

叶素息良久没有说话。叶莎说的所有一切，她都明白，甚至她觉得自己其实是错的那一方。但，她一口咬定他们没有错，是逼不得已的，他们不这么做，又该用什么来说服彼此开心地在一起呢？

"只是去看看她，这也不行吗？"

真的只是去看看她吗？叶素息从叶莎的宿舍出来，漫无目的地在学校里走着。叶素息打量着熟悉又不熟悉的校园，红色的环型主楼旁边，已经盖起了一栋新的实验楼。从那幢新楼里三三两两出来的，也是看起来极其新鲜的脸孔。他们迎着微风，脸上挂着活泼的笑。三年的时间，你已经是这里的一个老人啦，她这样判断着。叶素息远远地就看见唐莳彦扛着摄像机冲自己挥手，他站在这条笔直的大道尽头，背后便是高耸的橘色钟楼，指针一分一秒地走着，就像在告诉她，他们在一起的时间不多了一样。叶素息摇了摇头，试图将这种不好的预感驱除出脑际。她发现，自己自从和唐莳彦在一起之后，就变得特别患得患失。造作，原来是情人间的常态。她到此刻方才明白。

4

唐莳彦要上交的是一个 MV 作业，用了叶素息的点子，讲一个女孩去赴自己多年未见的前任男友的约。她从一早开始梳妆打扮，换一套又一套的衣服，配饰，鞋子，甚至是妆容，口红的颜色。在最后，却换下华丽的服饰，卸掉精致的妆发，以极其朴素的面容出现在了曾经的挚爱面前。叶素息友情客串来饰演这个失恋的女孩。

他们将拍摄地点选择了这座城市最富盛名、最具有历史痕迹的大学里。这里和他们就读的学校截然不同。所有的东西看起来都很厚重。斑驳的墙面，青苔从红色的砖墙里透出来，摸上去湿漉漉的，很凉。高大的梧桐将阳光切割成一道又一道的阴影，投射到叶素息的脸上，从唐莳彦扛着的摄像机的取景器里看过去，显得特别清冷和落寞。唐莳彦只觉得叶素息演得这么好，就像她真的失去了恋人一样，因为他不知道眼前的少女正在打算送他离开。

　　"莳彦，我有一个主意。"叶素息忽然对着他说道。

　　"什么主意？"

　　"我们可以拍一段回忆穿插，你来做那个前男友。"

　　"那找谁来拍？"

　　"还是你来拍。"

　　唐莳彦很是迷惑，"什么意思？"

　　"用你的主观镜头拍我，就像是男孩用 DV 在拍女孩，两人在互相拍摄。我可以对着镜头说话，就像是在对男孩说。明白吗？我问问题，你也可以用镜头来回答。"

　　接着叶素息就跑了起来，唐莳彦拿着摄像机跟在后头静静地拍摄。镜头里的女孩白裙飘飘，头发随风扬着，偶尔转过头来说话："你不要拍啦，不要拍啦。"笑声清脆，那是故事里男孩和女孩热恋的时光。

　　"你爱我吗？"取景器里的女孩俯身向前，黝黑的眼睛透过镜头定定地望着他。唐莳彦将手里的摄像机轻轻向下点了点头。女孩满意地笑了。

　　"莳彦，你爱我吗？"镜头再一次点了点脑袋，这一次比上一次来得坚决。

"那你好好听我说。"唐莳彦觉得叶素息的语气里带着哽咽，下意识地想要放下摄像机靠近她，却被不远处的女孩拒绝。

"别动，不要看我，看取景器，这样我才能说话……好吗？"看见摄像机又点了一下头，叶素息深吸口气，继续对着镜头说道："叶老师前两天找我，说，顾，说她生病了，抑郁症。希望你能去北京看看她。"

"素……"

"你不要说话，你听我说。我想过不告诉你，想过一口拒绝她。因为你去了，她的病也不一定会好啊，对不对？但，这两天和你在一起的所有时间，我都会想起她。即使她在北京，她却依然在我们中间。以前是我在你们中间，现在是她。为什么就不能只有两个人呢？我不是个善良的人，我很自私。愧疚让我无法坦然开怀地和你相爱。这让我好痛苦。所以，莳彦，你去北京吧。去看看她，去帮她康复起来。我不想亏欠她什么。我想理直气壮地和你相爱。"叶素息一口气说了很多，她看不到摄像机后面唐莳彦的脸，她第一次觉得庆幸。庆幸摄像机拉开了他们之间的距离。最后，镜头终于动了，叶素息看见它轻轻地点了点头。


3 月 23 号，也就是知道消息的第二天，唐莳彦去了北京。

唐莳彦一走，叶素息就再次回到了一个人的生活里。她并不觉得一个人有什么不好，相反地，从前的她，那么习惯一个人，现在也并不觉得有多难。只是很多时候，还是会想起他。想他大而温暖的手，眼角微笑的纹路，嘴角上扬的弧度，灰色的 T 恤衬衫，洗得发白的蓝色牛仔裤，还有他叫着她名字时候，那样温柔带着磁性的嗓音。

这样的思念，起初只是一天一两回，然后变成五回、十回、十一回、十五回，然后是一整个白天一整个黑夜。唐莳彦去了北京之后，始终保持着一天两个电话的频率。每每听见他的声音，叶素息就会幻想唐莳彦还在她身边。只要她愿意，走上几步路，就还可以看见他。在对唐莳彦近乎疯狂的思念里，时间过得极慢，好不容易，到了6月，距离唐莳彦离开的时间已经过去了两月有余。

唐莳彦告诉叶素息，顾蔓菁正在一点点好转。起初她并不愿意见他，她把他赶出门去，丢掉他送给她的花，她歇斯底里地尖叫、哭泣、咒骂过后又恳切地道歉。后来她慢慢愿意开房门，让他进来跟她说话。她愿意在他的陪伴之下入睡，愿意听他的话吃东西，愿意在他的带领下出门晒太阳。医生说她的厌食症已经不药而愈了，忧郁症的药量也减了不少。

"再过两个星期，我就可以回来了。素息，等我，想念你。"

唐莳彦在电话那头愉快地说话，叶素息却怎么都高兴不起来。这样的两个月，她实在听了太多他们的事，顾蔓菁对唐莳彦的依赖，完全超乎了正常人。她的情绪，她的健康，全部倚仗着身边的这个男孩。唐莳彦在的时候，顾蔓菁是快乐健康的，可是，如果唐莳彦不在了，顾蔓菁又会怎样？她真的能离开唐莳彦独自生活吗？

"莳彦，两个星期，真的只需要再多等两个星期吗，再有两个星期，我们就可以见面了吗？"

果然，两个星期后，唐莳彦并没有如约归来。韶青楚问叶素息，为什么不打电话过去问问究竟出了什么状况。叶素息却始终没有打过去。说是骄傲，说是倔强，说是害怕听见答案，说是什么都好。在唐莳彦眼里，叶素息一直是像狗尾巴草那样的植物，他喜欢她的坚韧、平和、懂事、不落俗套。她只是不愿让唐莳彦听见她哽咽的语气，不愿让他看见她虚弱不堪的卑微模样。不愿他知道，其实她是只纸老虎。她害怕打电话过去听见他冷淡的声音，害怕他告诉她，他不要她了。

5

在忐忑的等待之后，唐莳彦推迟了一个星期的归期终于来了。

他披星戴月地回来，在一个月色高悬的夜晚。她站在宿舍楼下望着风尘仆仆的唐莳彦。清冷的月光洒在他身上，他看起来比之前瘦了一些。唐莳彦走得越来越近了，叶素息十分贪婪地盯着那张再熟悉不过的脸，死死地盯着，本该要扑上去的身体却莫名奇妙地向后退去。唐莳彦一个健步往前，拉住了试图逃跑的她的身体，用尽全力地抱在怀里。他们紧紧地相拥，没有人说话，他们彼此听着对方咚咚作响的心跳，生怕听漏了一拍。

他们来到他们初次相会的操场，坐在那块可以看见高速公路尽头的草坪上，望着远方呼啸而来的车，拉出长长的尾巴。远处的暗处坐着一对热恋的情侣，肆无忌惮地笑着，窃窃私语，就像有说不完的情话。

"素息。"

"不要说话，再这样坐一会儿，好吗？"叶素息紧紧抓着唐莳彦的手，希望时间就此停滞。闷热的夏日的夜晚，他们俩就这样紧紧贴在一起，汗水涔涔地渗出肌肤，发酵出一股酸味。就像他们已然变味的爱情。

"素息，她离不开我，没了我她根本活不下去。我，实在是累极了。"

这是叶素息从未听过的语气，唐莳彦的语气那么哀伤和无力，和平常那个意气风发的男孩截然不同。他的一句"好累"，让叶素息心疼。她似乎一下子就忘记了自己的难过，忘记了这个人话语里的意思是想要和她分开。她只是一个劲儿地想要给他安慰，告诉他不要难过。她想要抱住他，将他埋在自己的胸口，她想把自己的力量，全部给他。可是，她的脑子里闪过无数种爱他的方法，却没有将这当中的任何一种实施起来。她只是静静地环抱着自己的身体，低垂着头，等待着唐蒔彦说出他此行的目的。

"素息，她太脆弱了，而你很坚强，而你不同。所以……对不起。"这是那天唐蒔彦和叶素息说的最后一句话。在这句对不起里，叶素息短暂的爱情落幕了。

顾蔓菁在得知唐蒔彦要返校的当天下午就吞了半瓶安眠药，险些葬送了性命。这让唐蒔彦忽然发现，原来爱情的力量是具有极大杀伤力的，它竟然会危及到一个人的生命。在这样鲜活的生命面前，他终于退缩了。


在唐蒔彦和叶素息分手的第二天，他再度飞回了北京，这一走，就又是半月有余。接近盛夏的时候，他终于带着恢复健康的顾蔓菁回来复课。顾蔓菁看起来，已经恢复得差不多了。虽然比之前看见的时候瘦了一些，但是脸色还不错，精神也挺好，笑容依旧灿烂，站在唐蒔彦身边，还是很登对。他们并肩站在一起的模样，就像中间的事情，都没有发生过一般。是啊，他们谁都没有改变，变了的只有叶素息自己而已。

叶素息自然是知道他们回来的消息，她的心里是那么地想见唐蒔彦，可是她知道，现在他们若是见面，对谁都没有好处。他们已经结束了，其实，也并没有怎么开始。她现在和他们没有任何关系，连朋友都不能再称得上了。自从他们回来，叶素息就在幻想着与他们的相遇。她想，如果她遇见他们，她一定要打扮得美美的，她要穿唐蒔彦喜欢的那件蓝色长裙，要对他们满是尴尬的脸微笑，要骄傲地和他们擦肩而过，要以实际行动告诉他们，是的，唐蒔彦说得没错，她一个人也可以过得很好。没了他，她也可以独自成活。

可是，真实的情况，远不是她想的那样。

相遇的那天，叶素息难得地感冒了。用宋喜宝的话说，大夏天感冒的姑娘都是奇葩。叶素息一直记得那天早上，天公像是排演过一样，下着微雨。她撑着伞，拖着凉拖，头发胡乱地绑着，满脸倦容，血丝满布，喉咙因为咳嗽的关系，沙哑得近乎失了声，头也疼得厉害。古代文学史今天要进行随堂考试，《唐传奇》她还没全部读完，脑海里满是步非烟死于非命的样子，只觉得胸口发闷，说不出的恶心。

远远地就看见了他们。

纤瘦修长的顾蔓菁和一旁撑着伞的男孩。唐蒔彦似乎说了什么好笑的事，逗得顾蔓菁咯咯直笑。那笑声如此活泼，即使下着雨，落在叶素息耳朵里，听着也十分清脆。那一瞬间，叶素息觉得自己似乎是被一根铁杵，钉在了原地。她无法动弹，没了思考的能力。她就这么撑着伞，站在他们必然会经过的道路上，她心里是那么想逃跑，可却无法动弹分毫。

但见他们走得越来越近了，胸膛里蓦地传来一阵热浪，叶素息开始抑制不住地咳嗽起来。她吓了一跳，转过身，退到一边，剧烈的咳嗽咳得她眼泛泪光，原本恶心的胃开始翻江倒海。

她吐了。

站在他们必经的路旁，她，竟然吐了！

叶素息觉得她的动作那么大，似乎引起了远处两个人的注意。于是她也顾不得抹嘴，就飞快地捂着嘴巴，向着反方向飞奔而去。

这就是他们三人再次的重遇。

前路漫漫

我们穷其一生在追寻的

也不过是一个温暖的臂弯

Chapter 11

爱情，从来不是她的全部

# 1

在那次呕吐后，叶素息病了足足半月，挂了她这辈子最多的点滴数，在医务室像个过街老鼠一样，无人问津，人缘潦倒。宋喜宝和韶青楚负责着她的日常起居，许清有空的时候，也会来和她说说话。骆胤来过两回，只是坐在病床旁发呆，尴尬地闲聊几句，坐不到五分钟，就会被僵持的局面逼迫着逃离。后来也就不来了。叶素息在这段时间里倒是最为自在的。不用忍受闲言碎语，也不用担心会在路上遇见谁而再次狂吐不止。出院的前一天，病房里来了位稀客，是徐晨。

徐晨是跟着叶莎一起来的。后来叶素息知道了叶莎是徐晨的初恋，大学毕业各奔东西后就选择了友好的分手，至今依旧保持着知己好友的关系。这是真正意义上的成年人才会有的关系，没有孩提年代的非此即彼，显得克制有礼。徐晨很友好地问了叶素息的身体状况。想起他们初次见面的尴尬，叶素息觉得脸上有些发烫。叶莎向徐晨介绍着叶素息的课业状况，介绍过程中，素息了解到徐晨这次来找自己的目的。徐晨说他要做一个医患关系的纪录片，大约制作时间是两年。他看了叶素息他们之前黄梅戏的纪录片，觉得思路和稿子都很不错。他想请叶素息做他的助理。叶素息知道这是个十分难得的机会，没有什么理由可以拒绝。而且，现在的她，离开学校，可能也是最好的选择。所以，没怎么考虑就答应了下来。

韶青楚和宋喜宝知道消息之后，自然是舍不得她，但是，也想不出更好的方式来解决。青楚问她要不要在临走前和唐莳彦见一面，叶素息只是摇头。要说的话，都已经说完了，还有什么好见的呢。她想，就这么默默地离开，对谁都没有坏处。

出院那天，叶素息起得很早。她将换洗的衣服收进挎包，正要出门，却被气喘吁吁冲进来的顾蔓菁挡住了前行的脚步。叶素息一惊，她没有想过会这么直接地和顾漫菁面对面站着，有些恍神。"学，学姐。"她下意识地开口。

顾蔓菁没有回话，她细细瞧了叶素息一会儿，忽然走过来，将她一把抱在了怀里。素息整个身子都僵直了，她不敢相信顾蔓菁竟然抱着她。

"听说你病了，一直想来看你。可是，又怕你不愿意看见我。"

叶素息勉强从顾蔓菁的怀里挣脱，愣愣地看着她，强压着狂跳的心脏："没，我没有。""对不起。"顾蔓菁忽然低着头，迅速说了一句。

叶素息觉得自己肯定是听错了，自己近半个月的病让她的耳朵也出了问题。不可能！顾蔓菁竟然跟自己说对不起。她为什么要说这句话？她什么也没有做错，错的一直是她叶素息，不是吗？

"我知道，他爱你，你也爱他，相爱的人应该在一起。我努力放手过，我同意和他分手，让他去杭州找你。素息，你相信我，我真的努力过要放手的。"顾蔓菁说到这儿，停顿了片刻，好像是忽然没了气力。素息有那么一瞬间，觉得她可能会晕过去。于是她走过去下意识地想要扶着顾蔓菁，顾蔓菁像是触电般地打了个寒噤，继续说起来：

"可是，我忘不了他。我吃不下饭，睡不了觉，头疼得厉害，胃绞痛不休，心就像被数千只蚂蚁啃食一样疼。我觉得他到处都在，他在我的房间里，在我逛街的马路对面，在我弹琴的琴键上，在我呼吸的空气里！可是，我又觉得他哪里都不在。不在我的房间里，不在马路对面，不在琴键上，不在空气里。我的生活里，没有他。我忽然意识到，没有他，这些都失去了意义。吃饭，喝水，睡觉，还有漫长的将来，他不和我在一起，这些都没有任何意义！素息，没有他，我活不下去。这是真的，我也不知道我怎么了，可是，我离不开他，离不了。"

这是顾蔓菁第一次和叶素息诉说她对唐莳彦的感情，第一次，也是最后一次。可是，仅仅是这么一次，就足以让叶素息震惊。她觉得这个女孩是在倾其所有地爱那个男孩。叶素息第一次觉得她比自己更有资格站在唐莳彦身边，做那个可以和他携手一辈子的女人。叶素息是在那一瞬间，在顾蔓菁满脸泪痕和自己说对不起的那一个瞬间，败下阵来的。

爱情，从来不是叶素息的全部。她爱唐莳彦吗？当然是爱的。可是，她却永远也无法做到像顾蔓菁这样，将自己整个儿掏空，像是祭品一般，奉献给某个神祇。顾蔓菁的爱，那么强烈，那么歇斯底里，那么筋疲力尽，甚至不惜自我毁灭。这是一种天分，是叶素息无论如何都无法拥有的天分。她无法在一个人面前，摒弃"我"这个字，她总是要在近乎疯狂的情绪来临之前，悬崖勒马，保持仅有的尊严。说到底，她从来最爱自己。而顾蔓菁呢，她爱唐莳彦胜过她自己。这样的爱，让她丝毫不在意是否会有回馈。所以，顾蔓菁比任何人都有资格得到唐莳彦的守护。

终于，在这样的一刻，叶素息认输了。不是输给了时间，不是输给了某个人，而是输给了顾蔓菁那深沉激烈甚至不惜流血牺牲的爱情。

## 2

徐晨的工作室在杭州。坐落在西湖风景区靠近动物园的地方，巷子的名字很别致，叫作四眼井。叶素息跟着徐晨下了车，从四眼井路口走进去。眼前是青苔满布的阶梯，蜿蜒的小道一直盘旋而上，两侧的梧桐在盛夏里十分繁茂，密密麻麻的叶子遮挡住了半壁蓝天，将炽烈的阳光阻隔在外，再加上山间特有的湿润的微风，让赶了半天路的她整个人都清爽了。叶素息注意到巷子的两侧开了许多颇具特色的青年旅社和小茶楼，几乎三步就有一家，茶香和香料的异香，揉搓在一起，像个奇异的世外桃源。走了十分钟，两人就走到了巷子的尽头，素息跟着徐晨转过左手边的岔路口，进了一个不怎么起眼的四方小庭院。这个四合院原本应该是个废弃的厂房，外墙很陈旧，剥落的油漆看着已有些年头，白色的涂鸦辨认不出形状。屋子里却是一个设备齐全，采光良好，舒适清简的工作室。工作室差不多有七八个人，摄像师、灯光师、后期制作加上统筹，素息盘算着人数刚好，谁也不富余。

短暂的见面会后，考虑到叶素息舟车劳顿的疲惫状态，徐晨先将她带到了他给她准备好的单身宿舍，他给了素息钥匙，说了具体楼栋，没有和素息上楼就开车离开了。叶素息对于徐晨的印象，其实并没有因为再一次的见面而有所改变。她是个相信直觉的人。很多人只要看一眼，就知道是否对盘。徐晨和她实在没有半点相似之处，他们至多只能是工作关系，连朋友都做不了。叶素息觉得徐晨也是这么认为的。

在这点上，他们很容易就达成了一致。

徐晨安排的单身公寓，靠近这座城市的西边，是一个环境十分不错的小区。他给她安排的房间在 6 层，靠近电梯门，屋子还算宽敞，一室一卫一厨，还有一个可以晒太阳的阳台，生活用品一应俱全。桌上的电脑配置很高，一看，就是用来剪片的专业配置。叶素息先去洗了个澡，将带来的行李摆放妥当，环顾了一下这个自己要住上两年的房间，觉得心里空空的。

被褥整洁，有洗涤剂芬芳的香气，是薰衣草味的，据说可以用来助眠。吊灯擦拭得一尘不染，发着微冷的蓝光，将整个屋子照得明亮通透，看不到半点阴暗。阳台的门半开着，盛夏温暖的风直直地吹进来。素息走过去，想要合上门，却看见一只飞蛾从门缝里挤了进来。这只飞蛾差不多只有小拇指的指甲盖这么大，肥硕的身子和如豆小的眼睛之间，是有着暗色花纹的灰色翅膀。素息怔怔地看着它在房间里来来回回地飞着。一双翅膀以极高的频率闪动，一会儿停在桌沿，一会儿停在墙角，没有片刻停歇，显得无所适从。

因为脑海里忽然出现"无所适从"这个词，素息忽然同情起这只飞蛾来。素息觉得它对这个陌生的环境手足无措，和现在站在这里，茫然不知的自己一样，对现在的状况显得无所适从。这里是哪儿？是什么地方？她为什么要离开学校？为什么要听从徐晨的建议？他要拍的全新纪录片究竟是些什么东西？她将所有人都留在了南京，韶青楚、宋喜宝、许清、叶莎、杨柳、骆胤，还有唐莳彦……她将他们都抛在身后，不管不顾地来这里，究竟是为了什么？

那天晚上，素息做梦了。在梦里，她又回到了外婆的坟前。这一回的山路不再崎岖难走，康庄大道直通山头。杜鹃花依旧开得鲜艳，五彩多样，密密麻麻地铺在沿路。远远地就看见外婆的坟前站了许多人，他们都背对着她，低头看着墓碑。素息觉得真奇怪，从来没有这么多人来看过外婆，这些都是什么人呢。

"你们是谁？"素息尝试着开口询问，簇拥在前面的众人却只是直挺挺地站着，没有一个人回过头来。素息有些急了，她冲到他们的前面，想要看个究竟。

"青楚？！"

对，是韶青楚没错。站在最前面的那个人，面容清晰，一头卷曲的长发，那是韶青楚。叶素息惊诧地看着眼前站在自己外婆坟墓前的人们：宋喜宝、许清、叶莎、杨柳、骆胤、唐莳彦，还有站在唐莳彦身边的顾蔓菁，是的，那是她留在南京的那些人，一个都没有落下。他们现在通通站在这里，站在叶素息的秘密基地，站在她最珍视的外婆的坟前。他们的眼睛都牢牢地盯着前方，面容沉寂，毫无表情。叶素息狐疑地转过身去，眼前的情景让她惊呆了。

她看见了她自己！

她看见她站在火盆里，浑身上下都挂满了冥钱和元宝，手里还捧着一栋纸糊的房子。她看见火苗一点点烧着了她的衣襟，她脚上缠着的金色元宝，然后火焰迅速蔓延，首先是脚，继而是膝盖，接着是腰，然后是捧着房子的双手。素息大声尖叫，她飞快地冲过去，试图将火盆里的自己拽出来。可是她站得那么稳，她根本拽不动她。于是素息又尝试着去踢火盆，无论她用了多大的力气，火盆就像扎根在泥土里一般。

"青楚！青楚！"素息跑过去，大力拉扯着青楚的衣服，"青楚！你快救救我，快啊快啊！"可是眼前的人没有丝毫动弹，她只是漠然地转过头看了看抓狂的叶素息一眼，那眼神就像，就像是她根本是个陌生人。

"喜宝！喜宝，我是素息！喜宝？！杨柳！"

火苗蹿得更高了，一下子就烧着了火盆里人的脸。素息看着自己的脸一点点发红，继而焦黑，最后血肉模糊地一块块掉下来，露出白色的骨头。终于，她顾不得别的了，她猛地跑到唐莳彦身边，她奋力拉着来人，大声嘶喊："莳彦，我是素息！莳彦！是我啊，你不认识我了吗？我是素息啊，你看，那个火盆里的人是我啊！莳彦，你快救救她，那是我啊，那是我啊，是我，是我啊……"唐莳彦缓缓转过头，迷惑地望着她，和别人一样，他好奇的目光打量着这个声嘶力竭的女孩，就像她是个局外人。他对她露出古怪的笑，那笑仿佛是在笑她，又仿佛是在笑那个火盆里的祭品。

那样的笑，让她心寒。让她失去了最后一丝挣扎的气力。她觉得前所未有的疲惫，她从未如此疲惫过。仿佛被抽掉了魂魄。叶素息静静瘫坐在地上呆呆地看着前方的自己。现在，素息已经无法辨认站在那团火焰里的是谁了。它被火焰包裹着，烧得噼啪作响，每响一下，火苗就蹿得更高一些。终于，随着一声骨骼碎裂的清脆声响，那个站着的人也瘫了下来。它变成了一团和气的糨糊。这时候，火似乎小了一些，素息觉得那嫣红的火焰里，似乎有什么东西在隐隐闪动，她不由瞪大了眼睛。飞蛾，那是一只飞蛾。那只飞蛾从火焰里飞出来，径直飞到素息眼前。素息伸出手，它就停在了她的掌心。

那是一只十分难看的飞蛾，残破不全的灰色翅膀，肥硕的身子轻轻蠕动着，脑袋却大得出奇。素息仔细地辨认着，那是一颗缩小之后人的头颅。那不是别人，那是她的头颅！那是叶素息的头颅！

## 3

手机铃声大作，将她从噩梦里叫醒。

"请问是叶小姐吗？"电话里传来的是个陌生男人的声音，音调冷峻，礼貌得体。

"我是。"

"我是孟安可。"

叶素息听见名字，这才想起来，是徐晨交代今天要去见的拍摄对象。原本约的时间是在早上，她看了看时间，已经接近中午。于是她迅速从床上起来，一个不小心，撞翻了桌边的水杯，玻璃杯破了一地。玻璃杯碎裂的声音，让她一下子清醒过来。

"孟医生，不好意思，我睡过了头。"素息的道歉很直白，她觉得这并不是一件值得撒谎的事。

电话那头的男人轻笑着说："睡着了，这可不是什么好理由。"

"您是医生，我要是称病，恐怕也瞒不过您。"

"没事，我还有一小时的空余时间，不过要麻烦你来医院见面了，我请你吃中饭。"

"好，我二十分钟后到。"

"别太着急，一会儿踩到玻璃渣子，你就真要病了。"

素息刚要迈开的脚忽然收了回来，她下意识地绕过碎玻璃，走进洗漱间，心下惊讶。

孟安可是市医院心外科最年轻的主治医师，只有 36 岁，是徐晨这一次采访拍摄的对象之一。素息只知道，他家是医学世家，从爷爷到父亲都是中医师，而他却选择了西医外科，这对于他的家庭，其实是一个不小的冲击。孟安可和她约的地点，是在市医院的食堂。叶素息觉得不知道从什么时候开始，她的生活开始和她拉扯作对，她那么讨厌医院，却接了一个关于医院的纪录片，更胜者，她竟然要和一个医生在一起面对面吃饭。


孟安可比叶素息早到，他选了一个比较偏僻的位子，所以叶素息走进去的时候并没有发现他。她给他打了电话，然后在极不起眼的角落，看到了等待自己的采访对象。

"叶小姐吧，请坐。"

叶素息觉得孟安可的声音柔和淡漠，果然也是个冷血医生，和她的想象并没有出入。那是张棱角分明的脸，高耸的颧骨，略有凹陷的双颊，长期熬夜满是血丝的眼睛，对叶素息扬起的笑容程式工整。这就是训练有素的人群吧？对这个世界有欲拒还迎的距离，对人也是。这就是她在之后的生活里，努力要成为的样子吧？素息心想。

对面的男子见叶素息走得近了，悠闲地站起来，微微向前倾着身子，伸出纤细修长的右手。

"你好，我是孟安可。"叶素息发现他的个子很高，即使弓着身子，依旧比她足足高出一个脑袋，不过整个人倒显得十分单薄，洁净的白大褂就像是挂在一个溜肩的衣架上。孟安可这么看起来就像扑克牌里的方片 A。

"对不起，迟到了。"握手的力道适中，孟安可示意最里面空着的座位，让叶素息坐下。

"叶素息，怎么写？"对面的男人问出的第一个问题有些出人意料，只见他从裤袋里拿出一支钢笔，又随手从上衣口袋里拿出一张折叠得十分方正的白纸，递给叶素息。叶素息接过纸，将自己的名字写在上面，接着递还给他。

"原来是这几个字。"孟安可看了看，将白纸折好，重新放回口袋，"叶小姐的字……"

"您直说就行，'难看'这个词我已经听了不下百次。"

"没有，我只是觉得您的字和人的感觉很不同，刚劲，是男人才会有的笔迹。他们都说，看笔迹可以看出一个人的性格。"孟安可说着就将整理好的碗筷推到有些发愣的叶素息眼前，"吃饭吧，我们边说边吃。"

叶素息想了想对面之人刚刚的论断，竟觉着有些道理，低头看了看餐盘里的饭菜，荤素得当，虽然是朴素的菜肴，看着却也清爽。她和孟安可确定了采访的几个时间段以及愿意接受拍摄的病患。谈话里，叶素息注意到孟安可是一个十分有条理的人，说话语速适中，聊天会看着你的眼睛，适时地附和并提出建议。提建议的时候，态度谦和不蛮横，让人愿意接受。今天是孟安可的门诊，叶素息提出希望去门诊处观摩，孟安可同意了。


心外科的门诊室前，排着极长的队伍，药水混合着汗水，呛人口鼻，男女老少，一簇簇一丛丛，或站或坐。叶素息随着孟安可的脚步从人流里穿梭而过，等待的人们抬眼打量着跟在孟安可身后的她，带着对于健康身体本能的艳羡与好奇。而他们望着孟安可的眼神，充满讨好与期望，就像望着某个神明。是啊，他们将自己或者是家人的性命通通都交付给他，自然将他奉若神明。

孟安可看诊的时间很平均，每个病人基本都有5分钟的时间。叶素息站在旁边静静地观察。不知道为什么，孟安可听诊的样子，让她想起多年前在南京医院遇见的那位为青楚看病的女医生。其实孟安可的神色十分友好，对每个病人都是轻声细语、温柔友善的，却依旧让她想起几年前的那个女医生。叶素息觉得，这些一拨拨进去的人，像是发条出了问题或者是损坏了零部件的时钟，它们一个个地被搬进去等待检修。而孟安可呢，是那个拿着螺丝刀上发条修零件的工人。动作娴熟，态度和善，却没有情感。是啊，人怎么会对没有生命的物件产生情感？你会对一块掉了螺丝帽的怀表产生怜悯之情吗？如果，你觉得它与你完全不对等，你自然觉得它不配得到你的什么情感。

叶素息站在那里，忽然打了个冷战。

"空调温度太低了？"

孟安可看了看叶素息，叶素息连忙摆手。于是，孟安可低头继续看诊。门诊结束后，叶素息又随着孟安可去了重症病房。站在重症病房门口，素息的脚步有些迟疑，她隔着玻璃看着里面依次横放的病床，每一张床旁边，都放着许多大型的仪器，将躺在那里的人完全淹没。耳朵里传进来检测仪嘀嗒嘀嗒的声响，她有那么一瞬间觉得，死神就站在里面，站在某个他们看不见的角落，等待着，瞪大着眼珠，抽着鼻子，准备伺机而动。谁一旦放弃抵抗，就被立刻打包带走。

"怎么了？"孟安可发现停下脚步的叶素息，转过身来询问，"从来没有来过这里？"见叶素息点头，他的眼里竟然流露出几许羡慕，"叶小姐，你真幸运，你的家人也是。"

孟安可先一步叶素息走进病房，叶素息定了定神，也跟着走了进去。迎上来的男子已接近半百，发鬓有些泛白，身上的西装似乎也已经几天没有换洗，满是疲惫的脸在看见孟安可的时候现出光彩。素息识得那是看见希望的眼神。这是他们的采访人之一，叫作沈阳。

　　"孟医生，您总算来了，老爷子情绪一直很激动，您给看看。"

　　"好，你别着急。"孟安可显得气定神闲游刃有余。

　　他踱步走到中间的病床旁。素息跟着一起走过去，就看见了躺在病床上的老人。他真的很老了，满是皱纹的脸，双颊凹陷，眼睛大得惊人，瘦削得几乎只剩下皮囊，半点脂肪都没有。厚厚的被子将他整个人牢牢裹着，他深深陷在被褥里面，努力仰着头颅，只有一双瘦骨嶙峋的手露在外面，青斑密布的手上插满了各类管子。管子里输送的是各色不同的液体，出出进进，叶素息分辨不出来它们究竟是什么。老人呻吟得很厉害，呼吸罩底下的嘴巴一直奋力地张着，似乎想要努力表达着什么。老人看见孟安可，情绪更加激动了，原本虚弱的身子竟然扭动起来。那空洞发白的眼睛，有了几许可以辨识的光。

　　孟安可躬下身子，拉着老人的手，大声而缓慢地喊着："老爷子，我来啦，你要说什么，你跟我说好不好？我来啦。"说着，就轻轻摘掉老人嘴上的呼吸罩。

　　老人哪里还能说出什么完整的话来，只是张着嘴，奋力从喉咙里发出声响，努力向孟安可表达着什么。孟安可眼光柔和，拉着老人的手，不停地点着头："我知道，我知道，我知道你很辛苦，我知道。"边点头边轻拍着老人的小腿，老人十分听话地安静下来，他停止了挣扎，原本放大的瞳孔重新恢复常态，望着孟安可似有泪光。孟安可将呼吸罩罩回他的脸上，老人缓缓闭上眼睛。叶素息也不知道自己为什么就哭了，她呆呆地站在离他们不远的墙边，不自觉地落泪。那是生命最终的样子吗？那么无力，那么孱弱，那么卑微，那么束手无策？就像张开外壳的牡蛎，瘫软在洁白的床单上，挣扎不得，听凭摆布。

"你们还想替老爷子做第三次搭桥手术？"叶素息听见孟安可和沈阳的对话。

"是的。"

"之前的两次手术，已经耗费了他太多的精力，第三次手术的风险，可能是巨大的，而且对于老爷子来说，无论是身体还是精神，都承受不起。"

"有一丝希望，我们都不想放弃。"

孟安可没有立即回话，他只是坐在那儿沉默半响，脸上的表情阴晴不定，朝病床上看了几秒，接着抬眼看着沈阳："想听听我的建议吗？"

"孟医生，我们一直听您的，有什么话您就直说吧。"

"我并不支持你们要替老爷子做第三次搭桥手术。"

"那，您，您的意思是？"

"放弃治疗。"

"我的建议是，放弃治疗。"孟安可又重新说了一遍，"当然，这只是个建议，你们商量一下吧。"说完就走出了病房。

叶素息起初没有反应过来孟安可已经走出了重症监护室，她的脑子里还在理解孟安可刚刚说的话。他让病人家属放弃治疗，他刚刚是这么说的吧。叶素息努力压制住内心的悸动，踩着有些踉跄的步子跟了去。

"孟医生，那是条人命，并不是个坏了的零件。"

孟安可似乎没有料到叶素息会有这么激烈的反应，他笔直地站在前面好一会儿，才转过身子面对着她，脸上显出一丝尴尬，不过很快就恢复了镇定，依旧用叶素息熟悉不过的语调冷冷开口："我知道，不用叶小姐提醒。"

"你知道？我觉得你并不知道。你对他们不抱感情，你只是维修他们，看护他们，你根本不在意他们真正的去处。放弃治疗，您知道意味着什么吗？您这是让他们送他去死。"

"叶小姐，你又不是他，你又没有躺在那里动弹不得，你怎么知道他不想。"

怎么会想，怎么会有人不愿意活着？！叶素息在回公寓的路上，一直愤愤不平。她觉得这些蔑视别人生命的人，真的十分可恶，他们不知道生命的宝贵，不知道活着是这个世界上最好的事情。孟安可是个修时钟的工人，铁石心肠，而且也无药可救！

4

拍摄进行得很顺利，徐晨是个十分专业的纪录片导演。他有激情，有眼光，有客观的分析，将人物尽可能地丰满、生动又不失局外人的冷静。因为工作忙的关系，叶素息和韶青楚、宋喜宝的联系也从每天的一通电话变成了一星期一通。宋喜宝告诉叶素息，她和徐永泽又重新在一起了。徐永泽戒了赌，发誓这辈子再也不走进赌场。而韶青楚呢，还是老样子。只是有一天她打来电话，说她做梦了，梦里有一个十分可爱的小女孩，冲着她微笑招手，歌声动听，叫着她妈妈。她从梦中惊醒，哭了一个晚上。她对着叶素息诅咒发誓，这辈子一定要生个女儿，她希望那个女孩能和她梦见的女孩一样美丽可爱，她会给女孩这个世界最好的疼爱。唐莳彦呢，从来没有打过电话来。叶素息也没有给他打过电话。他们都知道，他们已经没有了关系，做不成情人，自然也做不成朋友。

她想他吗？叶素息觉得，有的时候，她好像不怎么想他。她每天都好忙，有听不完的唱词，剪不完的片子，导不完的带子，写不完的稿子。她停不下来，唐莳彦根本就挤不进她的生活。她可以一天都不想他，一次都不看手机。每到了这样的时刻，她都会从心里觉得轻松和解脱。她自信满满地认为她已经痊愈了。唐莳彦，已经从她的脑海里拔除了，她不再爱他。可是，有的时候，她却又无法抑制地想他。他总是一次次地出现在她的梦里。她可以不给他电话，不给他短信，拒绝所有有关他的消息，可她却无法拒绝他来她的梦里。梦里的他，那么鲜活、明晰，甚至有着触感和温度。他是彩色的。他对她说着话，冲着她笑，吻她，拥抱她，抚摸她，和她做爱。她总是沉浸在那些无休无止的拥抱里，甚至不愿醒来。每次醒来，都希望接着睡过去，永久地睡过去，将唐莳彦锁在她的被窝里，房间里，梦境里，身体里。

梦，是这个世界上，你唯一不可能依靠理智去把握的东西。它想怎么做就怎么做，想让你面对的东西你永远逃避不了。如果，你的身体跑到了天涯海角，你的梦，却还是停留在原来的地方，这又有什么用呢？每每到这个时候，素息都会觉得很绝望。她觉得她忘不掉唐莳彦，又无法为了唐莳彦忘掉她自己。她觉得这是个悖论，永远没有办法解答。

那么唯一可以控制梦境的手段是什么呢？那就是不睡觉。所以现在叶素息已经两天两夜没有合眼了，高强度的工作量让她没有时间休息。徐晨曾经表示过担心，想替素息减轻一些工作量，被她拒绝了。这样的忙碌，身体的疲惫，正是现在的叶素息需要的。她需要很多很多的事情，多到让她不能睡觉的事情，来和梦境对抗，来拒绝唐莳彦来她这里。

最后一卷素材带上写着孟安可的名字，素息将带子放进去，画面里出现孟安可对着镜头说话的脸。以快进的方式看，就像个坏掉了的机器人偶，显得有些滑稽。倒到开头，素息按下了采集素材的红点。

"今天做了几个手术？"徐晨低沉柔和的提问从背景声里传出来。

孟安可显得很疲惫，他往座椅上靠了靠，原本瘦削的身子陷在沙发里面，一下子就和深红色的沙发融为一体："三个。一个心包两个肿瘤。"

"情况怎么样，顺利吗？"

"挺顺利的，谢谢。"

"一般这样的手术要进行多久呢？"

"长短不一，有时候是一小时，有时候是半天。"

"我知道你是医学世家，从爷爷辈开始就是医生，这是你做医生的初衷吗？子承父业？"

叶素息注意到，问到这个问题的时候，孟安可的眼里闪过一丝嘲弄，他看了看镜头外的人，轻声回答："做医生是我的愿望，和他们没有关系。如果真的要子承父业，我就该念中医才对。"

上钩了。叶素息心想。不由开始佩服起徐晨的提问技巧。果然，徐晨不动声色地问了下个问题："我的确是这么认为的，不过，你并没有照所有人的期望去做，对不对？"

"我不否认中医的确有它的优点，但是这和我的性格太不符了，我是个急性子，希望效果快，药到病除，可以在几个小时里就解决问题。在我的概念里，中医很多时候是在治病，而西医更多的时候，是在救人。"

就比如你选择的心外科？素息这样想着，细细回味着孟安可的话。的确，他做的工作，很多时候都是剑拔弩张，例不虚发的。一刀，一针，一剂量的麻醉，都维系着一个人的性命。比起根治，他做的更多的是在生死边缘和死神进行拉锯战。

整整一个小时的素材快接近收尾，徐晨问了最后一个问题。

"叶素息和我说，你建议让你的病患停止治疗？是真的吗？"

叶素息注意到，当孟安可听见她的名字，下意识地抬了抬眉毛。她想，这个男人肯定对她没什么好印象。是啊，你会对质疑你专业操守的陌生人产生什么好感呢？孟安可回答得很从容，似乎并没有经过深思熟虑。

"是的，我说过，那个时候，叶小姐也在场。她很生气，还说我是个冷血机器。"

"不好意思，她年纪小，不懂事。"徐晨十分诚恳地替她道着歉。

叶素息不由瞪大了眼睛，死死盯着屏幕；她要知道，这个男人会怎么辩解他前不久的决定。

"我做了 8 年的医生，在手术台上动刀的时间，甚至超过了睡觉的时间。对于普通人来说，神秘甚至是恐怖的死亡，对于我来说，是每天都会遇见的琐碎事情。可是，死亡真的恐怖吗？"孟安可说到这里，轻轻抬头看了看镜头，眼神沉静，就像是在对他接下来说的话的某种肯定，叶素息竟然觉得那笃定的眼神十分有魅力。

"其实死亡原本是悄无声息的，它将你平静地带走，远离人世，你可能都感受不到任何的疼痛。是我们人为将它大张旗鼓地放大了。我看了太多太多在死亡边缘挣扎的病人。他们被我们通过科学手段挽留住所谓的生命，躺在惨白的床单上，切开喉管，依靠流质进食，插着尿管，在所有人面前，呕吐，流口水，大小便失禁，无法说话，不能动弹。窗外是什么，今天是几号，眼前除了泛黄的天花板什么也看不到。时间是如何流逝的？朝阳、日落、四季变更一概不知。换一下角色，如果你是他，这样的生命质量，又有什么意义？医学上，我们判断死亡的标准并不是心脏停止跳动，而是脑死亡。也就是说，不再有脑电波了，我们才将他定义为死人。所以，其实人们恐惧的并非死亡，而是自我意识的消失。你不再存在，才是恐惧的根本。躺在病床上，依靠药物维系一口呼吸，无法表达，无法掌控，将一辈子都在竭力守护的尊严消耗殆尽，我不再是我，你也不再是你，才是真正意义上的死亡。"

"我不再是我，你也不再是你，才是真正意义上的死亡。"叶素息觉得这些话，冷得没有温度，却又比她听过的任何关于死亡的论调都要来得平和。在孟安可的世界里，死亡竟然不是一件恐怖的事。真正恐怖的，是失去自我意识。

叶素息忽然觉得浑身充满了力量。她开始明白，自己总是无法认清的事实。在她同唐莳彦的关系里，她害怕的究竟是什么？她害怕的是比死亡更恐怖的东西，她害怕自己不再是自己，害怕自己失去表达和掌控的能力，害怕他让她没有了原则和从来引以为傲的尊严。因为这是比心脏停止跳动更严重的脑死亡。她不由开始收回她对孟医生的成见，在抵死也要保有尊严这件事情上，他们是同盟。


摒除公事，孟安可第一次约叶素息是叶素息来杭州半年后的事情。他约素息吃斋饭，吃斋的地点，在上天竺。这上天竺也叫法喜寺，是杭州一座十分古老的寺庙。和灵隐寺的举世闻名不同，它坐落在北高峰支脉的山涧深处，隐蔽清幽。她和孟安可在黄龙集合，坐上旅游 2 号线，车子在景区开了将近 1 小时，抵达下天竺，他们下车然后徒步进山。

山间的小路是由青石板铺成的，两旁的樟树高而茂密，几步一簇的翠竹，像眉毛一样细长的叶子上，长着一层层的茸毛，露水浮在这样的茸毛上面，反射出微光。潺潺流动的溪流，从山涧迂回而下，那声音极其清脆悦耳，和山间的鸟鸣合在一起，阻隔了远处高速上奔驰而过的汽车马达。叶素息和孟安可肩并肩走着，初春的微风从山涧里吹到她脸上，带着湿润的潮气。

"最近还失眠吗？"孟安可走在叶素息身边，找着话题试图闲聊。

素息微微一愣："我应该没有跟你说过我的睡眠状况吧？"

孟安可瞧着一脸防备的素息，微微一笑，伸手推了推素息的脑袋，这样的姿势那么自然，就好像和她早就熟识了一般。

"别忘了我是中医世家，你睡得好不好，看脸色就知道了。"

"最近已经好多了。"

"以前，我觉得烦躁或者心情不好的时候，就来这里吃斋饭，走走这条山路，吸几口干净的空气，就会好很多，当然这也是治疗失眠的好方法。"

"真的？那我可要多吸几口。"素息说罢，佯装大口呼吸，逗乐了孟安可。

走了差不多一个小时，终于看见了在翠绿林间若隐若现的法喜寺，斑驳的黄色墙体是深浓绿意里的唯一的色彩。孟安可买了两张门票，花了 10 元，门口没有相关人员在检票，不过素息注意到来的零星人群还是十分自觉地买票入寺。从小而狭长的拱门走进去，最引人注意的是步道两旁大得惊人的樟树，已经有百年历史。在它们的枝干上悬挂着一串又一串红色的灯笼。素息注意到，每个灯笼串都由 5 个大小一致的小灯笼组成。每个小灯笼上都用毛笔写着一个楷体字，组合在一起，就是一句佛家禅语。"常思维智慧"、"祸往者福来"、"宁静而致远"……红色的灯笼在葱绿的枝叶之间，来回摆动，频率悠远缓慢，外界固有的节奏便被这样笃定的气息一并打破。素息觉得自己的脑子也像是这些平静舒缓随风轻摆的灯笼一样，慢了下来。

孟安可很自然地走到法源交换处，选了几本书放进口袋，接着挑了一本手抄经文递给叶素息。

"空闲的时候看看写写，其实挺好。"

叶素息接过经书，觉得质感厚重，翻开看了看，印刷得也很精细，于是将它轻巧地合好装进挎包。大殿里似乎正在做法事，袈裟挂身的僧人们双手合十，嘴里念着经文，随着木鱼的节奏，一遍遍诵着经。素息站在门口，脑海里浮现的却是两年前和唐荝彦在峨眉山听钟的情景，心里陡然升起一股物是人非的苍凉。她想起当时她在四方像底下，匍匐着身体许下的愿望。她希望唐荝彦可以幸福。她猛然想起来，或许这个愿望已经达成了，只不过，那样的幸福里，并不包含她。


斋堂 4 点就开始提供饭菜。所有人吃的东西都是一样的，包心菜、白豆腐、土豆丝、米饭和一碗紫菜汤。无论男女，分量都没有差别，不够的话可以去添，但是必须尽数吃完。素食十分清淡，没有油水，连调料都放得很少。孟安可吃得很满足，吃了自己的部分，还帮着叶素息把她碗里吃不下的部分也解决了。叶素息发现，在这样环境之下的孟安可，似乎比平时要随意轻快许多。

"如果在病床上的死亡并不是他们希望的，那你觉得怎样的离开，是他们希望的呢？"叶素息放下碗筷，对身边的人发问。

孟安可也放下碗筷，饶有兴致地望着眼前的女孩，笑了笑："我不是他们，我无法替他们告诉你怎样的离开是他们希望的。可是，如果是我，我希望在自己的生命接近终点的时候，可以死在家人的身边，躺在我每天安然入睡安然苏醒的卧室的床上，身边是昨天还翻过的书，窗台上的文竹茁壮地长着，透过窗帘照进来的阳光好得出奇，照得整个屋子暖洋洋的。我穿着我最喜欢的衬衫，衣帽整齐，发型好看。我的孩子，我的妻子都站在我身边。我可以看着他们的脸，和他们道别。回想这样的一辈子，被很多人诅咒，也救过很多人，没什么遗憾，然后闭上眼睛。和这个世界好好道个别。"

"很有尊严地离开。"叶素息总结着。孟安可点着头："那么你呢？"

"我想要安静点的。"

Chapter 12

不再被时光庇佑的大人

# 1

在杭州采访部分接近尾声的时候，叶素息收到回学校参加毕业礼的消息。她的论文是在杭州完成的，内容偏门，写的是武侠电影里的侠文化传播。叶素息喜欢武侠，也喜欢武侠电影，如果毕业一定要依靠一篇古板的论文来结束，那么，她倒是更愿意写点自己喜欢的。徐晨放了她两天的假，她买了当天晚上去南京的车票，送她去车站的人是孟安可。叶素息知道孟安可对她有好感，她并没有拒绝这样的示好。

叶素息坐在副驾驶的位子上，系着安全带，偶尔看看窗外飞驰而过的夜景，偶尔转过头来，看看身边的男人。孟安可即使脱掉白大褂，看着依旧是个医生：那握着方向盘的手，苍白、纤细、修长，指甲修整得整齐干净；蓝色的格子衬衫，熨帖得十分平整，散发着淡淡的肥皂香；削瘦的脸上，看不到一丝胡楂儿，看着前方的眼睛，一眨不眨，就像盯着某个伤口般专注。

"小丫头，看什么呢？"孟安可平静的声音响起来，打断了叶素息的思绪。

"我在想，这件衬衫熨烫得真好，看不到一点褶皱。不知道的人，会以为你有位贤惠的好妻子。"

孟安可只谈过一次恋爱，谈了整整 6 年，他和那个女孩是大学同学，后来做了同事。不过最后也没有在一起，女孩回了老家，现在已经是两个孩子的母亲。当然，这单身的几年，他的身边也不缺乏女人。只不过，再也没有正式的女友了。

车子里的氛围，忽然间就发生了变化。那是一种古怪的化学发酵，素息原本的一句无心玩笑，却让两人陷入了沉默的尴尬。叶素息觉得这样的氛围实在太过暧昧，这超出了她对事情发展的预判。好在，车站已经就在眼前了。

"素息。"叶素息要开门下车的时候，被孟安可叫住。

"怎么了？"

孟安可忽然伸出胳膊抱住了她。叶素息觉得那个拥抱很轻巧，只是轻轻抱了她几秒钟，便立刻移开了。

"我送你去南京吧。"孟安可忽然说。

"你明天不用上班吗？"

"晚上赶回来就行了，我开得很快。"孟安可说得很自然，就像只是去趟滨江那么自然。他让叶素息坐好，替她系上安全带。

别克车上了杭宁高速，向着南京方向飞驰。叶素息反复翻看着手里票价一百的车票，车票上印着杭州北站—南京的字迹，出发时间是21点。叶素息也不知道这张票有什么好看，她翻来覆去地揉搓它，直到它变得褶皱不堪。后来，叶素息就睡着了。她也不知道她是什么时候睡着的。只是觉得别克车里空调凉爽，孟安可衬衫上的肥皂味极其好闻，车子开得稳妥舒适，她就这么坐着，看着窗外黑影幢幢的山峦，沉沉睡去。

醒过来的时候，她发现孟安可单手开着车，而另一只手则握着她的手。叶素息低垂着头，看着自己被他握着的左手，没有挣脱，有种认命的乖巧。

"醒了？"孟安可对着睡眼蒙眬的她微笑。

叶素息下意识地点头："到哪儿了？"

"下高速了，你得赶快醒醒，给我指路才行。"

孟安可说话的语气有了明显的变化，变得有些纯真，听出撒娇的味道，这让叶素息觉得有趣，于是她毫不遮掩地笑了出来。

"你笑什么？"

"没什么，只是觉得有趣。"

"我找不到路，你却觉得有趣？"

"当然，无所不能的话，多无趣。"

叶素息感觉到孟安可的手用力握了握她的手："这是我听过最好的赞美。"


到达学校的时候，时间已接近0点。下车之前，孟安可在车里吻了叶素息。叶素息没有反对，她不知道为什么，觉得从他来送她到后来的牵手，直到现在的接吻，都是水到渠成的事。就像是事先有了剧本，他们只是照着剧本来走而已。孟安可的吻，是循序渐进的。他先试探性地碰了碰身旁女孩嫣红的唇，然后慢慢地加长了时间，接着缓缓打开女孩的嘴，得到女孩轻微的回应后，才如释重负地吻了下来。

已经有多久没有接吻了呢？叶素息忽然有种想落泪的冲动。那是身体忽然复苏的欣喜感。干燥寂寞的肌肤，瞬间被他的吻惊醒了。身体的每个毛孔都在极尽全力地舒张。眼前的男人，近乎是个陌生人，他们只见过几次面，吃过几次饭，可是她却愿意让他吻自己。她不排斥这样的身体亲近。她甚至因为自己不排斥他，而感到快乐。

是啊，唐莳彦，你看，我又能接受新的身体了，我又能被拥抱了。

没了你，我依然能够拥有身体的温度，这是件多么幸运的事。

　　和孟安可道了别，叶素息提着小行李袋，走进半年未踏足的学校，看着夜色里明晃晃的街灯和宿舍楼里零星的灯火，不觉打了个寒噤。身后别克车转了方向，向着她来的方向铆足了劲地回奔。叶素息转过去，目送着它的离开。车灯闪烁，只花了短短几秒钟，就渐隐在暗夜里。她看着车身一点点消失，想起那天和车里的男人去上天竺吃斋饭。他们肩并肩走出法喜寺的时候，她抬头猛然瞥见寺庙匾额背后的四字箴言，心里大动。

　　"莫向外求。"

　　莫向外求，莫向外求。叶素息抬头望着南京皎洁的月色，它那么明亮，悬挂在高空，不被乌云遮蔽半分。月光洋洋洒洒地投射到她的身上，将她的影子拉得长长的。一直以来，我们谦卑，我们等待，我们忍受，我们期盼然后又失望。抱怨着为什么经历的苦楚总多过幸福，抱怨为什么付出与回报永远无法对等。渴求着他人的爱，如饥似渴地死死抓住。即使是施舍的也视作珍宝。可是，真正能够让你暖而满的，难道是这些人吗？他们能填满你寂寞的空虚，却怎么都填不满你身体里时时如潮涌的虚空。402到了，叶素息定了定神，敲响了房门。

　　"叶素息！肯定是叶素息回来了！"

　　房间里响起两个姑娘高亢欢喜的尖叫。叶素息听在耳里，站在走廊的白炽灯底下，心底温暖，笑得灿烂极了。大部分的时候，你必须依靠自己来填满你自己。莫向外求，让自己充盈温暖起来，使得虚空不再虚空。

# 2

毕业典礼，学校办得十分隆重。他们每一个人都盛装出席，手挽手走过红地毯，在巨大的画报前，用画笔写下他们的名字。在大礼堂看着纪念短片，听离别时分唱起的动人诗歌，和老师们说感谢，和别班的朋友道别。

和青葱岁月道别，并不是一件容易的事。承认时间才是最厉害的武器，需要极大的勇气。大荧幕上一张接着一张淡入淡出的照片，是他们四年时间唯一剩下来的物证。短发、长发、卷发、中分；长裙、短裙、牛仔裤、棉衣；帆布鞋、凉鞋、毛绒长靴、高跟鞋……不看照片，叶素息甚至注意不到，时光给他们每个人无声无息刻下的烙印。似乎，也没做什么，似乎也没真正地做些什么，他们就嗖的一声，越过了四年光景，变成了不再被时光庇佑的大人。


叶素息记得那晚，他们四十几个人聚在火锅店里喝酒，从这一桌蹿到那一桌，碰杯、说话、拥抱。吵吵闹闹，哭哭笑笑，像群疯子。有的孩子在表白，有的孩子在道歉，有的孩子在追忆，有的孩子在展望未来，有的孩子则只是在蒙头哭泣。

叶素息是属于最后蒙头哭泣的那群孩子。现在，她扑在骆胤的怀里，絮絮叨叨地说着些什么话，泪水呛得她咳嗽不止。骆胤在她的耳边说得最多的话是对不起。他贴着她的耳朵，一遍遍不停地重复着这三个字。叶素息已经没有了回答的能力，她只是一个劲儿地在他怀里摇头，用泪水将他干洁的衬衫浸湿。骆胤将她的头扳起来，抵着她泪痕斑斑的脸。

这是叶素息记忆里，最后一次看着他的脸。后来他过得好不好，素息并不知道。她没有刻意询问过他的消息。可是，叶素息并不担心。骆胤是那种像海洋一般宽厚健硕的人。他可以用他和煦的光，去温柔这个世界所有锋利的刺。这是叶素息对他的判断。


手机忽然响起来，唐莳彦的名字在屏幕上闪闪灭灭，叶素息愣了半晌，这个名字已经有半年没有在她的屏幕上出现了，她觉得恍在梦中。于是叶素息迈着踉跄的步子走出火锅店，深吸口气接起电话：

"有事吗？"

电话那头的男孩并没有在第一时间里回答，他似乎已经不习惯和电话这头的女孩若无其事地说话了，沉默良久才开口："喝酒了？"

"是啊，我们在市区吃散伙饭！"不知道是不是酒精的缘故，素息觉得她的声音大得几乎对街的人都听得见，他们好奇地打量她。

"少喝点酒。"唐莳彦在电话那头柔声嘱咐。

"我知道。"素息放低了声音，"你找我有什么事？"

电话里的男孩轻笑："没什么，买了半个西瓜，不自觉走到你们宿舍楼下，忽然想叫你下来吃西瓜。"

吃西瓜。

吃西瓜，那么简单的事情，如此地生活化。他们现在竟然可以做如此生活化的事了。他们不应该是老鼠过街，人人喊打吗？怎么现在也可以坐下来堂而皇之地分西瓜吃？她真的好想和他做这件简单至极的事呀。素息沉吟着"吃西瓜"这个词，眼泪不由夺眶而出。她用力地抽了抽鼻子，跳着脚嚷道："可是怎么办，我现在在外面，我回不去吃呀！"

唐莳彦微微愣了一会儿，佯作没事地说道："没事，那就下次吧。"

叶素息听见手机里传来电话挂断后的忙音，"嘟——嘟——嘟——嘟嘟嘟嘟嘟嘟嘟"她默默放下拿着手机的右手，环抱着双肩，蹲在了原地。她用力地抱着自己因为酒精而变得滚烫的肌肤，想要控制住发抖的身体，却抖得更加厉害。"下次？下次？哪来的下次？唐莳彦，我们没有下次了呀。你知道吗？我明天就要回杭州了呀，我们再也见不到了。你知道吗？我们来不及说再见了。我们来不及先认识，来不及慢慢相爱，连'再见'这个词都来不及说。"

"素息。"韶青楚不知道什么时候走了出来。青楚今天穿着一条及地的连身吊带裙，站在蹲在地上的叶素息跟前，显得那么高大。叶素息一下子就抱住了来人的小腿，她将头深深的埋进女孩长裙的裙摆里，开始号啕大哭。

韶青楚似乎是完全被叶素息突如其来的情绪吓着了。眼前这个痛哭流涕的女孩，是她从未见过的。她哭得那么大声，引得街对面的行人纷纷侧目，哭得韶青楚心底发酸。她怔怔地站在原地，任由叶素息抱着她的双腿，将她新买的长裙弄得黏湿。

即使过去了许多年，在韶青楚的婚礼上，说起那天的事，韶青楚的语气里依旧有难掩的惊诧。而坐在伴娘桌上的叶素息却惊奇地发现，那样的场景，那个繁星点点的夜晚所发生的一点一滴她都记得清楚明白。她记得韶青楚的坡跟白色凉鞋，记得她已经长到腰际的黑发，分着略带女人味的中分，她甚至记得她身上的那件连身长裙，是淡蓝色的条纹款式。

瞧，不去想，你便以为你已经忘记，可是，其实，他们只是退居到了脑海里的某个角落，在那落地生根，稍一发掘，就尽数跑出来，带着极其鲜活的气息，仿若昨日。


那晚，她们三人都喝了许多酒，跟跄着回到宿舍，闹了很久，谁也不肯睡觉。次日清晨，叶素息醒得最早，她发现她们三个人躺在一张床上昏睡在一起。叶素息看看时间，已经过了7点，于是快速地摇醒两人。今天她们三个都要启程。宋喜宝回宁波老家，韶青楚去成都和母亲会合，而她则要赶下午去杭州的客车。

徐永泽来得很早，他将车停在楼下，然后上来接宋喜宝。喜宝的行李很多，素息和青楚帮着他们将行李搬下来。宿舍楼道里挤着许多的人，很多人在拥抱，很多人在挥手道别，也有很多人在哽咽。宋喜宝拉着素息和青楚的手，抿着嘴，泪水在眼眶里打着转。

"死丫头，别这样，又不是永别！"韶青楚习惯性地敲了敲宋喜宝的脑门儿，帮她打开车门，一把将来人推进座位，眼泪却还是流了下来。

"好好照顾自己，你要好好照顾她。"韶青楚用力抹了抹眼泪，对着一旁搬行李的徐永泽喝道。徐永泽连忙点着头，关好后备厢，进了驾驶座。

"走吧，路上小心。"叶素息对着徐永泽挥手，徐永泽听话地拉下手刹，车子开始滑动。喜宝的半个身子从车窗里探出来，对着宿舍楼门口的两个人挥手。

韶青楚吓得大骂："宋喜宝，你想死就再探出来一点！"

远处的宋喜宝吐了吐舌头，缩回了身子，车子开始加速，一溜烟就出了她们的视野。

　　"素息。"

　　"嗯。"

　　"一会儿，你让我先走好不好？"韶青楚带着鼻音，站在素息身边说话。

　　韶青楚没有让叶素息送她下楼，她只是拖着她艳红的行李箱，站在宿舍门口用力抱了抱叶素息，然后头也不回地带上了房门。叶素息听见门用力关上之后韶青楚的高跟鞋踩在阶梯上，一下又一下用力地遁地声，由重转轻，渐渐不再听得到。想着，原来，这就是离开和被留下的感觉了。叶素息木木地站了一会儿，觉得没有了韶青楚和宋喜宝的寝室竟然大得出奇。这个房间，忽然就被放大了无数倍。它变得有天地那么大，让站在这里的她，变得异常渺小和无助。

3

　　叶素息站在原地茫然无措了几分钟，然后回到房间拿出箱子打包。她从书架上拿下所有的书，《蛤蟆的油》、《书剑恩仇录》、《梦的解析》、《杧果街上的小屋》……她把它们依照尺寸放进事先准备好的快递箱，然后再去衣柜里取衣服。剩下的一些零散物件，她不打算带走。于是她将它们和青楚、喜宝留下来的被子卷在一起用力塞进了衣柜。然后在衣柜上贴上了送给宿管阿姨的便签条。叶素息的动作很快，花了不到 20 分钟就清空了自己的所有物品。最后她瘫坐下来浑身冒汗，几乎喘不上气。

　　四个纸箱，一个随身携带的行李箱，这，就是她四年积累下来的所有家当。原本以为会很多，原来一点也不多。叶素息将四个纸箱寄了快递，只留下一个随身的行李箱。她拉着行李箱站在 402 的门口，觉得 402 又像她们一开始进来时那样空旷与洁净。纯白的墙壁，老式的电视机，坏了又被修好的白炽灯。叶素息知道她们只是这个屋子的几个租客，以后还会有新的住户住进来：搬进来她们的行李，将这些空间用回忆填满。而离开依旧会如约而至。到了那个时候，她们也同样不得不丢弃很多不能带走的东西，只将仅有的在乎的行李打包带走。她不知道回忆是不是也可以打包，如果可以的话，她会愿意将它们全部带走，好的，不好的，一并带走。


　　唐莳彦的电话在叶素息即将关上房门的时候打了过来。叶素息起初有些不敢相信，她的手没由来地颤抖，第一次没有丝毫犹豫地接起他的电话，生怕他等不及就将它挂断。

　　"你在哪儿？"唐莳彦的声音很空旷，周围嘈杂，应该是在户外。

　　"在宿舍。"

　　"中饭，有时间……"

　　"我要走了。"叶素息急促地开口。

　　唐莳彦愣了一会儿，语气里有难掩的诧异："什么时候，哪天？"

　　"现在。"

　　"现在？昨天没听你说。"

　　"你也没问。"

　　半晌的沉默，叶素息有些后悔自己的生硬，她明明知道就是这样的生硬，才将电话那头的男孩越推越远的。

"你等我几分钟好不好，我来送你，我，"唐莳彦的话说到一半，似乎被什么人的声音打断。素息听得很清楚，那是顾蔓菁的声音。

"我在3栋，送下她。"唐莳彦的声音软了下来，他觉得叶素息一定不会等他了。

"好，我在楼下等你。"叶素息说完，就挂断了电话。

宿舍楼下的大厅里，送别的人已经比之前少了很多。叶素息拖着行李箱站在大厅的角落，斜靠着墙壁，望着大厅外的柏油马路被骄阳晒出油渍。外面真的好亮堂。素息心想。好像被南京夏日中午的阳光烤得通体发白了。

叶素息将目光收回来，看了看零星道别的人们。她们是在这幢宿舍楼里和她做了四年邻居的人。有的，可能撞见过几次面，有的，甚至连一次擦肩的机会都没有。可是，她们现在站在她跟前，她能看见她们对于彼此的眷恋和不舍。素息忽然发现，其实他们每个人对于情绪的体验都是一样的。朋友的陪伴，爱人的亲吻，离别的拥抱，对曾经的缅怀，对未知的茫然无知。而痛苦呢？大抵也没什么不同。争吵、背叛、倦怠，不都是一些这样的情绪吗？而她现在站在这里，倚靠着墙壁，占据着这个大厅里最不起眼的角落，等待一个男人从忙碌的行程里挤出几分钟时间来见自己，究竟又是为了什么呢？

这时，唐莳彦出现了。

半年的时间，唐莳彦的变化并不明显，只是头发比之前略短了一些。今天的他穿着一件白色的运动短袖，赶路赶得很急迫，额头的汗水在阳光里闪着微光。叶素息觉得唐莳彦的目光很迫切，她知道他害怕她不愿意等了。他终于看见了她，他大步走过来。叶素息有变化吗？她想应该是有的吧。她又瘦了一些，乌黑的长发被剪短了，利落地绑在后面。户外拍摄的暴晒让她不再苍白，她被阳光晒得十分健康。素息知道，她现在的状态显得特别好。她在没有了他的照顾里，变得更加健硕和强悍。所以，唐莳彦在看见她的时候有些胆怯。他站在她跟前，数度尝试开口说话，却始终没有成功。

"你帮我拿箱子吧。"

叶素息友好地将拉杆箱递给唐莳彦，唐莳彦听话地接过手把和叶素息并肩走出宿舍楼。从宿舍楼到学校西门的路并不长，即使走得再慢，也只要十分钟的时间。在短暂的十分钟里，他们大部分的时间都只是沉默地走着。

"去哪儿？回家还是回杭州。"唐莳彦先开了口。

"回杭州，徐导那边的工作还没有结束。你呢，什么时候回北京？"叶素息下意识地想多说点什么，多说几句也是好的。

"研究生的论文还没结束，结束了我再回去，时间还不一定。"

"哦。"

西门到了。

"打车的人好多，我们可能要再多等一会儿。"唐莳彦望着空旷的马路说道。

"不用，我叫了车。"叶素息指了指停在空处的出租车。

唐莳彦看了看远处的车继而露出苦笑："我果然没看错，你真的可以一个人过得很好，完全不会让人担心。"

叶素息听到这里，本能地想要开口反驳："谁说的，谁说一个人过得好，就要一直一个人过。"可是，这一次，她还是没有说出口。她只是笑了笑，伸手招来了车。唐蒔彦将行李放进后备厢，然后回到站在车门旁的叶素息跟前。

"素息，一路顺风。"

叶素息抬起头，看着眼前的男孩张开他宽厚的手臂，笑容灿烂，一如他们最初的相遇。只不过上一次是迎接，而这一次是道别。还有什么需要再计较的吗？他是她在这里认识的第一个人，也是她在这里最后要见的人。还有什么理由可以互相埋怨呢？他们从来没有想过伤害什么人，也一直一心一意地想着让彼此幸福。叶素息终于长舒了一口气，毫无顾忌地钻进他的怀里。

耳边传来唐蒔彦的声音，像是低喃，又像是叮嘱："到了杭州，打个电话报平安。记得，不是短信，是电话。"

叶素息觉得她又要哭了，于是她迅速挣脱了男孩的怀抱，矮身钻进车里。

"师傅，中央门车站，开车。"

车子发动，油门声爆裂，扬起灰尘，往着市区的方向，一路飞驰。倒退的绿化带，倒退的低矮山峦，倒退的公路站牌，它们从彩色的一点点褪成黑白，直至变成一块模糊的调色板。就像她初次离开坞瑶时那样。叶素息坐在后座，眼睛瞪得大大的，她告诉自己，千万不要回头张望。

南京，她还会再回来吗？或者只是出现在往后的梦中？

这时，收音机里传出播音员温柔的声音："又是一年凤凰花开的季节，又有许多的孩子从学校毕业，赶往各自尚未开启的新旅程。青春，是一件那么好的事情，它甚至比爱情还要美好。美好到让我们终生怀念。
接下来的这首歌，送给所有毕业的学子，林志炫的《凤凰花开的路口》。"

时光的河入海流

终于我们分头走

没有哪个港口

是永远的停留

脑海之中有一个凤凰花开的路口

有我最珍惜的朋友

也许值得纪念的事情不多

至少还有这段回忆够深刻

是否远方的你有同样感受

成长的坎坷分享的片刻

当我又再次唱起你写下的歌

仿佛又回到那时候……

几度花开花落

有时快乐有时落寞

很欣慰生命某段时刻

曾一起度过

时光的河入海流

终于我们分头走

没有哪个港口

是永远的停留

脑海之中有一个凤凰花开的路口

有我最珍惜的朋友

给我最珍惜的朋友……


叶素息随着这首歌，轻轻哼唱了起来。唱着唱着，蓦然发现，嘴
里满是酸楚的眼泪，苦得很。


4


大巴车沿着杭金高速急速飞驰，窗外青翠延绵的山脉横亘在薄雾
蒙蒙的远处，夕阳渐沉，光线一点点暗淡下去，叶素息倚靠着车窗，
怔怔地盯着那远山上发红的光晕一意孤行地向下沉，她知道暗夜终会
到来，她即使再不愿意，它也终究会来的。这就像无论她多努力地想
要一份陪伴，到了最后，她还是空手而回。所有的一切都显得很徒劳。

叶素息觉得她的心空荡荡的，出奇得空，什么也没有了，都被掏
空了。宋喜宝不在里面，韶青楚不在里面，骆胤不在里面，唐莳彦也
不在里面。他们都忽然从她的胸膛里逃跑了，他们将被掏空后的她一
个人流放在了这里。那种空空如也的感觉，就像是一个陈旧的铁皮鼓
装着死气沉沉的空洞。用手敲上去，只有闷闷的回响，咚，咚，咚，
一下又一下。

肚子开始莫名地绞痛，剧烈的痛感蔓延全身。叶素息下意识地摸
了摸座位，有淡红色的血迹。


杭州很冷，在盛夏里为何会有冰川的冷意。叶素息站在萧瑟的风里，
显得很盲从。汽车北站灯火通明，像集市般人潮涌动，所有的人都来

去匆匆，眼神坚定，有投奔之地，而她却像个迷失的孩子，怎么样都迈不开脚步。

"姑娘，海滨花园到了。"司机师傅叫醒后座昏睡的她。

海滨花园靛蓝色的圆形拱门在月夜里发着青光，素息倚着行李箱，抬头打量这个自己一次也没有来过的地方，高层公寓的每一扇窗户里都亮着灯，像个巨型灯塔，让站在底下的她显得愈发渺小。电梯门打开，叶素息按了17层，一分钟后，她敲响了过道尽头1710的门。

房间里响起脚步，锁链被拉了下来，门应声而开。叶素息对着开门的人努力露出微笑，对面的男人有些发蒙。

"素息，你回来了？怎么不让我去接你。"

孟安可一身简装，试图伸手接过行李箱，叶素息忽然猛地抱住他，多么温暖的身体啊，感觉就像被明火烘烤。叶素息猛然涌出眼泪，她激烈地仰头吻住了男人试图开口的嘴。孟安可的拥抱渐渐紧实，叶素息感受到了他逐渐颤抖的身体，于是将整个人钻进了他的衬衣内，将肌肤与他的肌肤牢牢紧贴。她努力吻着他，吻着他的额头，他略带胡楂儿的下颚，他整齐洁白的牙齿。她想让他炽热的体温环抱着自己的身体，她想让他宽厚的手掌揉搓她不算匀称的乳房，她想让他进入她的身体，将她重新唤醒，她想证明她并不是一只空洞无物的陈旧的铁皮鼓，她迫切需要证明，她还有欲望，还有呼吸，还能做爱，她还活着。

孟安可捧起眼前仰头看着自己，面色潮红的女孩，神情迷惑。

"素息，你，你怎么了？"

"和我做，我想要你。现在就要。"

孟安可将她抱起来稳步走进卧室。他将她慎重地放到柔软的蓝色丝绸锦上，动作轻而慢，就像安置一件易碎瓷器。叶素息缓缓闭起眼睛，身子不受控制地打战。孟安可俯下身来，解开她淡蓝色的衬衫衣扣，露出了白色的胸衣。那并不是一对十分完美的乳房。胸衣底下的乳房并不算大，左右也有些不对称，可是浑圆洁白。孟安可埋下身子，将头靠在她的胸口，胸膛里怦怦怦的，那是兀自跳动的心脏。他长久地靠在那里，直到他们之间心脏跳动的频率变得相同，就好似一个人。接着，孟安可坐了起来，他将一旁的被子盖在了女孩身上。叶素息睁开了眼睛。

"傻瓜，别忘了，我是医生。我可不想血染沙场。"

Chapter 13
可是，那颗原本鲜活的心脏呢？

# 1

你是如何对一座城市产生感情的？起初你初来乍到，去哪儿都迷路，人们对你冷眼相看，仿佛你是一个闯进敌营的不速之客。你住在一个不足 10 平方米的平房里，床就是你的桌子，手边堆满工作文案，出门去街角的便利店买卫生棉，活动范围不足百米，你像个蜗居在垃圾车内的小乞丐。后来你渐渐认识一些人，找到适合自己做的事，也赚到了一些钱，你从平房里搬出来，一个人住在一个房间里，每天都有约会，觉得被人记得是一件平常事，你开始发现原来这座城市的某些角落其实挺美。你觉得你被它接受了，于是你也开始接受它。这便是叶素息对杭州的感情。

叶素息觉得她其实和毕业的时候，没有太大的差别。没有换过发型，没有改过妆容，也没有穿过她一直不喜欢的短裤。她承认她并不是一个善于改变的人，既定的习惯一旦深入到日复一日的生活中就再难拔除了。她习惯了一个人去很远的地方旅行，云南、西藏、河内、柬埔寨……也习惯了从城市这头赶去另一头做采访。她习惯了福冈寿司难吃的三文鱼卷和清淡的沙律，也习惯了踩着高跟鞋在拥堵的南山路健步如飞。她习惯了和同事们每周一次的清吧小酌，聊些无关痛痒的话，和某个对她表示好感的陌生男人亲吻拥抱，也习惯了同孟安可有规律的碰面。

吃饭、看电影、去他家做爱，当然还有上天竺的斋饭。

在杭州工作正好满 5 年，她跟着徐晨做了好几个纪录片，然后出来单干，自己写剧本。这几年里徐晨的确给了她很多帮助，无论是文字上的还是人脉上的。几年的时间，她写过几个不错的舞台剧本，也写过狗血的家庭伦理剧。若是问她，她究竟喜不喜欢她的工作？叶素息回答不上来。她只是知道，她处理不好和同事的关系，也无法过朝九晚五的生活，除了写字这一件事情，她无法胜任别的工作。所以，她想，写作，似乎已经成为了对于她而言，像吃饭喝水一样的存在，和喜不喜欢没什么关系，是必须去做的事情。


赶脚本的时候，接到了韶青楚的电话。这五年里，她们见面的次数少的可怜，电话却始终没有中断过。真朋友不需要依靠素日的小心寒暄来维持关系，他们的每一个重要决定，人生路口，从不会让对方错过。

"这周末来成都，我结婚。"

"和杨柳终于商量好要结婚了？你们可别又中途反悔，废了我的机票。"

"想好了，这回，真的要结了。"

韶青楚和杨柳最终走到一起，这实际上超出了叶素息的预料。可是，转念想想，他们又是很适合的一对。同样的理想化，同样的不羁反骨，却又有难得的成人天真。她不知道他们是什么时候看对眼的，是一起去青川援建的时候？还是宋喜宝的婚礼上？韶青楚在成都有了一档自己的节目。而杨柳呢，卖了南京的小房子，关了小店，用所有的积蓄，盘下了成都兰桂坊地块的一家小酒吧，他们叫它"颓"。

偶尔被烦琐的工作压到无法喘息的时候，叶素息总是愿意坐在西湖边，遥想一下在成都那两个人的生活。妖娆妩媚的酒吧老板娘，平和疏朗画得一手好画的酒吧老板。一遍遍循环播放的老电影，一首首曲调回旋的古怪演奏，喝不完的啤酒，说不尽的话，一坐就是一天，在那里白昼和黑夜没有明晰的分界线。每每想到这样的场景，叶素息都会觉得十分有希望。美好生活美得像个永不会实现的愿景，可是韶青楚和杨柳却做到了。有人做得到就表示所谓的美好生活并非只是幻想。它值得我们寻找，也值得我们奋起直追，所以，千万不要听信谗言，说什么耐心等待它就会来的蠢话。

叶素息对婚姻是没有好感的。她不认为婚姻是保证彼此陪伴最好的筹码。相反的，婚姻让人疲倦，让人不再自持，让人变得霸道蛮横甚至无礼。人都是这样的，觉得安全了，就不再愿意费心经营。为什么朋友总能做一辈子，情侣却往往走不过一辈子呢？如果能像交朋友一样过日子，一辈子其实并非难事。朋友往往是彼此尊重的，彼此敬畏的。人与人之间的距离一旦消失殆尽，就没有尊重可言了。自私自利、两两相厌，睚眦必报，很快都会接踵而至。

"你告诉喜宝了吗？"叶素息知道在这个当口不应该问这个问题，可是还是忍不住开了口。

提到宋喜宝，韶青楚原本雀跃的声音有些变了："我给她家去了电话，让她们转告她。"

"嗯，我离她近，这周末，我先去看看她，然后再来成都。"

"好。"


宁波崂山女子监狱在北仑港往东 30 公里的青冈镇境内。叶素息从宁波打上出租车，说了要去的地方，司机师傅眼神里露出几许迟疑，他上下打量了后座的女人好一会儿，才扳下了空车的指示灯。橙黄色的出租车在高速上飞驰了将近一个小时，接着在青冈镇的路牌处下了高速转进国道。897 国道两旁杂草丛生，足有半人高的芦苇密密麻麻，绵延数十里，偶尔贴着车窗玻璃掠过，发出吱嘎声响。水量稀少的护城河上漂浮着许多白色的塑料垃圾，它们静静地悬浮在那里，让素息想起高耸的白面馒头。

"小姐，去那儿看朋友？"司机师傅有些故作轻松。

"是我妹妹。"

"哦，是看妹妹啊。"


三年前的冬至，浙江迎来了有史以来最严重的雪灾。杭州下了足足半月的大雪，像雪国。叶素息在那个风雪交加的冬至终于完成了徐晨医院纪录片的扫尾工作。那晚，他们看了第一个剪辑版的成片，心情都很不错。聚餐后她回到宿舍的时间接近凌晨 3 点。宋喜宝的电话就是这个时间点打过来的，叶素息承认她一开始并未注意到电话那头宋喜宝的异常。

"素息。你在干吗？"

"加了班，现在刚到家楼下，这么晚你还不睡？"

"素息，你记不记得我以前问过你的问题。"

"什么问题呀？"

"我问你，你觉得徐永泽怎么样，我和他合不合适？"

"我记得。"

"你记得那个时候你是怎么回答我的吗？"

"我说，只要相爱，没什么合不合适一说。"

电话那头的女人听到这里，没有征兆地笑了笑："素息，我现在才意识到，那个时候，你没有说实话呵。"

"喜宝，你是不是有事，你们怎么了？"

"我们过不下去了。"

"你别胡思乱想，你到底怎么了？"

"警察就要来了，素息，我听见了警笛声。你听，他们就在楼下，他们要上来了。"

电话在这个时候挂断了。


宁波嘉华小区 12·21 过失杀人案，被报纸用各个版本描述过许多次。"赌博毁人，美好家庭妻离子散"、"妻子挥刀绝情夫"、"失意画家寄情赌博终酿恶果"。这样的报道层出不穷，在那一个月里，是这里人们最乐于说的谈资。大部分的媒体舆论都站在宋喜宝这边，替她不值，替她喊冤，也有许多文章将教育普罗大众放在首位，劝祷人们远离赌博珍爱生命。可是，事实究竟是怎样的，事件发生之后，杀人的妻子，他们留下的孩子，又该何去何从，其实没有任何人真正地在意过。


叶素息和韶青楚参加了宋喜宝的听证会。叶素息看着在被告席上一身灰色囚衣的女子，依旧是一头短发，苍白的脸颊消瘦得没了筋骨。她低垂着头，双目无神，手上的伤痕依稀可辨。身边的韶青楚捂着嘴，似乎是在哭。而宋喜宝对她失手捅死徐永泽的罪行供认不讳。

徐永泽和宋喜宝在他们毕业的当年就结了婚，婚礼是在宁波办的，素息和青楚是伴娘。婚后不久，他们俩便有了孩子。在素息的眼里，喜宝的婚姻是水到渠成的。喜宝从未和她们说过他们之间产生过什么矛盾，而小米呢，活泼可爱，和喜宝的性格几乎如出一辙。可是，在她们眼里和硕完满的婚姻的真相究竟是什么？真相是早在宋喜宝怀孕期间，徐永泽原本戒掉的赌瘾就再犯了。在他们的儿子出生后变得变本加厉。他不再工作，混迹赌场，将几年的积蓄全部输了个精光。对儿子不闻不问，对宋喜宝更是拳脚相加。12月21日那天，他跑回来问宋喜宝要钱，宋喜宝说没钱，输红了眼的徐永泽对着宋喜宝一顿毒打，宋喜宝在逃跑过程中顺手拿起桌边的水果刀，就给了追过来的男人一刀。这样的一刀戳穿了他的肺部，徐永泽当场毙命。也许是多年累积的怨气蓬勃而出，她有些疯狂的又在他身上补了许多刀。公安机关经过鉴定，徐永泽总共被捅了9刀，他被宋喜宝捅成了一个马蜂窝。

考虑到宋喜宝案发后投案自首态度良好，以及案件的前因后果，宋喜宝被判了10年有期徒刑。


一道接着一道的铁门被打开，宋喜宝从走廊的尽头走过来。在这三年里，她们试图来见她无数次，都被宋喜宝拒绝了。这是三年后，叶素息和她的第一次见面。铁链敲打水泥地面的声音十分清脆，在空洞的过道里，发出回响。叶素息觉得喜宝比那时候胖了一些。原本齐耳的头发如今已经长过了腰际。它们柔顺地披散着，遮住了她大部分的面目。远处的女子抬起头看见了坐在探视室里的叶素息，露出微笑。

"素息，你来啦。"喜宝坐下来，整个身子缩在冰凉的铁制椅子里，原本深蓝色的囚衣已经被洗得发了白，不光是衣服，叶素息觉得喜宝整个人都变成了黑白的，暗淡得没有了一丝光彩。

"你胖了。"

"能吃能睡，能不胖吗？"宋喜宝有些羞涩地捋了一下额前的刘海儿，在凳子里扭了扭身子，接着开口，"青楚和杨柳要结婚了？"

"嗯，要结了。"

"真好，终于要结婚了。"

"是啊，没想到他们会在一起，我们当年真是瞎了狗眼。"叶素息提高了一些音量，她想让情绪显得更加欢乐一些。

"你是就行了，我可不是狗。"宋喜宝笑着回答。

短暂的沉默。

"我最近在看你的小说，写得很好。"宋喜宝抬头望着叶素息，"什么时候也写写我们？"

"好。"叶素息觉得嘴唇发干。

"不过，我要一个好结局。"

叶素息觉得眼睛发酸，她伸手握住了来人冰凉的手腕。

"你过得好不好？"

"我很好，"喜宝挠了挠她的手心，"起码比和他在一起过日子的时候要好得多。不用担心他什么时候回来，不用担心他什么时候不回来，不用担心债主找上门来，也不用担心儿子会受到伤害。现在，比之前好多了。真的。"


不知道为什么，坐在探视间里的叶素息有些恍神，眼前神情淡漠的女子那么沉默和顺从，和她原本认识的姑娘没有丝毫相同之处。是的，她们长得一模一样，三年的时间，并没有让她的容颜有所衰老。可是，那颗原本鲜活的心脏呢？它们又究竟去了哪里？那个探出车窗和她们挥手道别的女孩，有着明媚的笑容，闪亮的眼睛，有着对这个世界最美好的态度，和眼前这个低声沉吟的女人截然不同。叶素息在那样的时刻，忽然怨恨起徐永泽来。

是啊，年轻的时候，我们都有一颗鲜活的心脏。可是，后来，它们又究竟去了哪里呢？

## 2

韶青楚的婚礼十分简朴，是叶素息从没见过的简朴。他们只是请朋友和家人聚在一起吃了一顿便饭，韶青楚连婚纱都没有穿。可是，在素息看来，她依旧是最美的新娘。酒桌上，杨柳说得最多的话，便是他对叶素息的感谢。他感谢叶素息让他认识了他的小新娘，让他看见拥有强悍力量的女孩是什么模样。

5年的时间，他们每个人都有了不同的生活轨迹。有的人重获新生，有的人开花结果，还有的人却依旧停滞不前，比如她叶素息。叶素息一边喝着手边的酒一边望着对面的这对男女，母亲的电话打断了她。章思琪告诉她，叶和向她提出了离婚。

叶素息回到坞瑶，父亲的衣物已经搬空了。章思琪一个人坐在客厅中央的沙发上，茶几前摊着父亲已经签好字的离婚协议书。母亲穿着她素日最喜欢的玫红色尼龙长款风衣，头发依旧一丝不苟匀称地绾在脑后。叶素息进去的时候，她就这么直挺挺地坐在那里，客厅的灯光很昏暗，素息看不清母亲脸上的表情。她下意识地将灯调亮，母亲感受到光线的变化，转过头来看着她。

"你回来了。"章思琪的声音很轻柔，轻得就像只是在呼吸。叶素息一时语塞，她们从来没有像今天这样独处过。这样的独处，让她觉得别扭。"嗯，这么晚了还不睡？"

母亲原本挺直的腰身渐渐软了下来，她靠着沙发，忽然轻笑，那笑里有莫名的悲哀："真奇怪，他走之后，我再也没有睡着过。"

"我陪你睡。"


这是叶素息第一次和章思琪睡在一起。她一动不动地躺在那里，生怕自己翻个身，就会将好不容易睡着的母亲惊醒。母亲的呼吸很轻，她温热的肌肤正贴着自己，这样的温暖，是她从来没有体会过的。她不自觉地侧过头试图去看看身边熟睡的女人，却看见了章思琪清亮的眼睛。

"还没睡？"叶素息觉得母亲的语气充满仁慈，她以前从没有注意到过。

"嗯，睡不着。"

章思琪伸出手，摸了摸素息贴在额前的头发，母亲毫无预兆的亲昵，吓了她一跳。章思琪感受到了她的反应，有些尴尬地缩回手。

"你有多久没有回来了？"

"三年多吧。"

"有四年了。四年。"章思琪摸着自己有些凹陷的脸颊，"你看，我都老了。"

叶素息的眼泪顺着脸颊落在枕巾上，她分不清这些流出来的泪水是为衰老的母亲而流，还是为她自己而流。

"前几天，我见到晓丹了。她已经结婚了，嫁得很好。你不用担心。"

母亲这样告诉她。

母亲最终在离婚协议书上签了字。她依旧很骄傲，骄傲得不愿去向父亲做任何哀求。直到这一刻，叶素息才发现，即使在最悲哀的时刻，也要保有尊严这样的性格特质是来源于谁。叶和搬出家之后，一直住在郊区的出租屋里。叶素息将离婚协议书交给他的同时也见到了父亲离开母亲的那个理由。她叫陆梅，是个寡妇，有一个和素息同龄的女儿。陆梅比叶和还要长三岁，这是个很普通的女人。微胖，一头烫发，素面，开朗，面对素息有些手足无措。她做了一桌子的家常菜，素息留下来和他们俩吃饭。出租屋不大，三个人坐在一起就显得有些局促。父亲和陆梅有一搭没一搭地说着话。陆梅问着素息的近况，努力地寻找话题，叶和自始自终都用鼓励的微笑看着她。陆梅在这样的鼓励下一点点地进步，天真羞涩得像个孩子。

叶素息发现，陆梅和母亲是完全不同的两类人。母亲美丽、骄傲、矜持、聪慧，因为这样的优越感而对平凡的生活心生不满。而陆梅呢？朴素、天真、懂得知足和安守，从未想过除了过好眼前的日子还有什么需要挣扎。后来素息问父亲，他究竟爱过母亲吗？叶和告诉她，他爱过她，从见她的第一面，直到现在，一直都爱着。可是，他说，可是爱无法让他们平安地走过一辈子。母亲的强势和骄傲，让他害怕，甚至疲倦。而陆梅呢，她和章思琪不同，她崇拜他，她愿意放下自己的骄傲与聪颖。在她的眼里，父亲是无所不能的。他在她这里，找到了失去已久的自尊与自傲。

叶素息将父亲同她说的话告诉母亲。坐在对面看书的女人，没有抬过头，只是嗯了一声，就像素息说的事情一点都不重要。素息看着低头读书的母亲，轻轻带上了房门。不久，她听见了书房里传出来的哭声。哭声轻柔，一如母亲往日的语气。

"孟安可，你在干吗？"
"刚结束了一个手术，在办公室歇一会儿，怎么了？"
"孟安可。"
"嗯，我在。"
"为什么你从来都没有问过我从前的事？"
"因为那是再也回不来的从前，他永远比不过我。"
"我们结婚吧。"

## 3

"莳彦，我要结婚了。"叶素息在 QQ 上给唐莳彦留言。

当年，唐莳彦回到北京后不久就和顾蔓菁结了婚，顾蔓菁为他生了一个女儿。叶素息料想，那肯定是个十分漂亮的小女孩。她一定遗传了父亲高高的鼻子和母亲明媚的眼睛。她在微博上看见过他们三口之家的照片，和和乐乐的小康家庭。小女孩坐在父亲的脖子上，手里拿着一个橙黄色的气球，笑容灿烂。素息摸着电脑显示屏，细细瞧着这个女孩。她长得十分白嫩，苹果般的脸蛋上嵌着一双极其明亮的眼睛。那是唐莳彦的眼睛，叶素息一眼就认得出来。唐莳彦和顾蔓菁呢，他们并肩站着，一人一只胳膊地护着高出半个头的女儿，一起对着镜头微笑。多么慈眉善目，相亲相爱的一家。几年的时间里素息发现唐莳彦也变了很多，他穿着一件蓝色的运动装，身子已经有些发福了，棱角分明的脸庞变得圆润，招牌式的灿烂笑容却没有改变。那是叶素息一直记得的笑，叫人心底温暖安定。

"要结婚了？"唐蒔彦回复得很快。

"是啊，婚礼定在下个月。"

"是个怎样的人？"

"很好的人，是个医生。"

"你这么不喜欢医院，可是却嫁给了医生……"

"我也不知道为什么，很多事情，可能我们不能和它对抗。"

信息发出去良久之后，叶素息看见对话框的提示栏不停地闪现"正在输入"的字样，却迟迟没有回复。

"你爱他吗？"良久，唐蒔彦发来信息。

爱吗，她爱他吗？

她不知道她爱不爱他。她只是知道，那天，她独自坐着客车从南京一路哭回杭州，第一个想见的人就是孟安可。她不能回到宿舍独自面对空寂的房间，雪白的墙壁，还有那只虎头虎脑的飞蛾。她必须去个有人气儿的地方，去个她可以安然入睡的地方，去一个不那么冰冷的地方。于是，她不顾一切地冲到他的家门口，用力敲开了房门。她顾不得孟安可的惊诧就一下子扑进了他的怀里。她在他的怀里不停地哭泣，不停地发抖，不停地喃喃自语。她觉得孟安可的怀抱那么温柔、宽厚、沉着而包容。她觉得她似乎变成了一个小婴孩，她被硕大的手掌托着，被柔软的胸膛哄着，有人在她耳边轻声说话，告诉她，素息，不要害怕，不要哭，素息，有我在。

外婆，我好像再也不害怕了。

"是的，莳彦。我想，我爱他。"叶素息在电脑上打出了这样一行字。

孟安可来坞瑶接她回杭州，她带着他看她出生长大的地方。她带他见了她刚刚离婚的父母，她也带着他去见了外婆，去看了枫树秃似乎永不凋谢的杜鹃。杜鹃很美，一如当初。

离开前的那天晚上，孟安可拉着叶素息的手，走在坞瑶有些狭窄的街道上，感叹着坞瑶夏天难得的凉爽。

是吗？坞瑶的夏天，比其他地方的夏天都要凉快吗？素息从来没有注意到过这个问题。听孟安可这么一说，叶素息才忽然发觉好像真的是这样。

"素息，我觉得你的家乡好美。"韶青楚对坞瑶赞美的话重新被叶素息记起来。

她尝试着抬头，看了看她曾经抬头看过无数遍的坞瑶的夜空。高而广的无垠夜色里，繁星密布，天河似乎近在咫尺，明晃晃的月亮悬在那里。水井湿润的水汽，庭院里一簇簇栀子花的香味，夹杂在一起从老巷口穿堂而过，滑过人们的鼻尖，吹起他们的头发，清甜，黏稠；来往不多的行人们，走得散漫，悠然自得，永远知道去处，却始终不紧不慢，时间尚早，又何须赶路；偷闲逛街的三口之家，父亲有着浑圆的肚子，拖着夹脚凉拖，一旁绑着发髻的母亲和丈夫离了几步的距离，偶尔回头照看四下观望看什么都好奇的孩子，偶尔用坞瑶方言招呼丈夫走得慢一些，言语里有责备也有关切；年过古稀的老者，摇着蒲扇，胡须花白，坐在自家门口的太师椅上，他发觉素息在打量他，也投过来打量的目光继而露出慈祥的笑，素息在这样慈祥的笑里和孟安可牵手走过巷口。

　　和解，曾几何时，叶素息觉得和解是个最没骨气的词。它是反抗挣扎失败之后自我安慰的话。什么叫和解？和解就是跟所有原本你没有好感的、你不认可的、你不同意的一切，缴械投降。可是这个世间，是不是只有对和错这两种选择呢？不是这样那么就是那样，不是爱就是恨，不是铭记就是遗忘，不是相守就是永别，不是留下就是离开，不是自由就是捆绑？是不是只有非此即彼这两种选择呢？

　　曾经，她人生最大的愿望，便是从这个叫作坞瑶的小山城走出去，从不苟言笑的亲人身边逃开去，去一个足够大的城市，那里有足够多的陌生人，你走在街上不会有人同你打招呼，你不用打起精神来嘘寒问暖，你不用是个低眉顺首的好孩子，为了做个这样的孩子，你得时时上紧发条。

　　可是，有一天，你真的逃出去了，以你能够想得到的，最快的最好的方式离开了。你却忽然发现，原来，这个世界上的每一座城市都是一样的。一样的高楼栉比，一样的霓虹璀璨，一样有翠绿色的人工草皮，一样有大而沉寂的灰色天幕，一样的酷热的盛夏也有一样的严寒的冷冬。于是你在某个被闹钟闹醒的清晨，某个奋力赶稿的深夜，忽然开始想念记忆里那个只要花一块钱就能买一碗馄饨的地方。那个只要杜鹃一开便漫山遍野成了花海的地方。那个夕阳西下就染红天边，可以看见火烧云的地方。你才发现，它才是和所有的地方都不一样的存在。因为有既爱又恨的人，因为有既深又浅的脚印，因为有既好又坏的回忆。它显得有温度，显得那么不同。

这样，才是和解吧。

不是和你记忆里的残酷以及不美好，而是和原来那个执拗、寡淡、不近人情的自己。

接近十五的今天，是个圆月。偶尔有几抹云从月亮光洁的身体前掠过，起初像是被清水晕开的墨汁，接着变成了袅袅炊烟似的雾霭，缠绕在它周围，隐隐闪动，摇摇欲坠，明黄的光晕足以渗出水来。而远处的青山在灯火里只露出一个剪影，像个温暖的子宫，将这座小山城浸泡在里面，一切都显得静默而宽容。

"孟安可，你看，"叶素息高高伸出右手，"你看，我家的月亮，多美呀！"

4

烈日炎炎的盛夏，二区 201 教室里坐着一年级三班全体同学。这是他们第一节影视精品赏析课，看的是台湾导演侯孝贤的电影《最好的时光》。叶莎站在讲台前，在黑板上用白色粉笔写着字。叶素息坐在第三排的中间，只觉得白色粉末从前面洋洋洒洒地飘过来，像是某个飘雪的冬日。教室外的操场上，洋溢着激烈的欢呼。那是高年级的学长正在进行着一场友谊足球赛。球场上奔跑着的那个男孩，有着一头宛如杂草的黄头发。后来，他们似乎赢了。男孩被伙伴们举得高高的，那桀骜不驯的头发在阳光里闪着耀眼的光芒。叶素息微笑着收回目光，黑板上叶莎写下的话径自映入眼帘：

> 所有的时光都是被辜负、被浪费后，才能从记忆里将某一段拎出，拍拍上面沉积的灰尘，感叹它是最好的时光。
>
> ——侯孝贤《最好的时光》

　　是的，那些被辜负和浪费的，积满灰尘的，却可以在阳光里闪着光芒的，最好的时光。是的，那些闪光的时光，你们好。

图书在版编目（CIP）数据

最好的时光是不散 / 俟尘著. — 北京：北京联合出版公司，
2015.10

ISBN 978-7-5502-6049-8

Ⅰ. ①最… Ⅱ. ①俟… Ⅲ. ①长篇小说－中国－当代
Ⅳ. ①I247.5

中国版本图书馆CIP数据核字(2015)第200343号

## 最好的时光是不散

出版统筹：新华先锋
责任编辑：王　巍
特约编辑：成　喧　吕露冰
封面设计：郑金将
版式设计：杨祎妹

北京联合出版公司出版
（北京市西城区德外大街83号楼9层　100088）
北京温林源印刷有限公司印刷　新华书店经销
字数121千字　620毫米×889毫米　1/16　15印张
2015年10月第1版　2015年10月第1次印刷
ISBN 978-7-5502-6049-8
定价：36.00元